Ullstein

ÜBER DAS BUCH:

Hermann Röcken plaudert aus seinem Nähkästchen, dem Fundus eines erfahrenen und angesehenen Tierarztes. Allerlei Amüsantes und Außergewöhnliches hat sich dort im Laufe der Jahre angesammelt: Da gibt es eine Katze, die sich auf sehr menschliche Weise Eintritt ins Haus verschafft, einen Spürhund, der bei Kaffeegeruch fast den Verstand verliert, oder eine Stute, die die Gelegenheit nützt, mit dem berühmten Zuchthengst Ramses ein Schäferstündchen auf der gemeinsamen Koppel zu verbringen. Mitreißend erzählt der Autor von seinen mal heiter, mal besinnlich stimmenden Erlebnissen mit seinen kleinen und großen Patienten, von Tieren, aber auch von Menschen, von der alten und doch immer wieder neuen Wechselbeziehung zwischen uns und unseren Schöpfungs- und Weggefährten.

DER AUTOR:

Dr. med. vet. Hermann Röcken, Jahrgang 1926, studierte Tiermedizin und ließ sich nach einigen Jahren wissenschaftlicher Assistenztätigkeit als Fachtierarzt für Chirurgie in Starnberg nieder. Er gründete dort 1956 mit seiner Frau eine Tierarztpraxis, die er vor 30 Jahren zu einer tierärztlichen Klinik mit mehreren Mitarbeitern ausbaute.
Mit 65 fachwissenschaftlichen Beiträgen und 4 Erzählbänden hat sich Hermann Röcken bereits als Autor einen Namen gemacht.

Hermann Röcken

Tierarzt müßte man sein

Ullstein

ein Ullstein Buch
Nr. 23871
im Verlag Ullstein GmbH,
Frankfurt/M – Berlin

Originalausgabe

Umschlaggestaltung:
Vera Bauer
Illustration:
Tony Stone Images/Gay Bumgarner

Printed in Germany 1996
Gesamtherstellung:
Ebner Ulm
ISBN 3 548 23871 8

Juli 1996
Gedruckt auf alterungs-
beständigem Papier mit
chlorfrei gebleichtem Zellstoff

Die Deutsche Bibliothek – CIP-Einheitsaufnahme

Röcken, Hermann:
Tierarzt müsste man sein / Hermann Röcken. –
Orig.-Ausg. – Frankfurt/M ; Berlin : Ullstein, 1996
(Ullstein-Buch ; Nr. 23871)
ISBN 3-548-23871-8
NE: GT

Inhalt

Alarm im Morgengrauen

Gegen 4.30 Uhr in der Frühe – ich lag noch in tiefem Schlaf – schrillte das Telefon neben meinem Bett. An nächtliche Weckrufe gewöhnt, nahm ich automatisch, aber kaum halbwach, den Hörer ab.

Eine aufgeregte Stimme am anderen Ende des Drahtes beschwor mich: »Herr Doktor, kommen Sie schnell. Bei uns ist etwas Schreckliches passiert. Entweder ist unter unseren Kühen eine Seuche ausgebrochen, oder alle sind vergiftet.«

Ehe ich fragen konnte: »Wer ist denn am Apparat?« machte es klick. Der Anrufer hatte aufgehängt, ohne Namen und Adresse anzugeben.

Zum Glück habe ich ein recht gutes Gedächtnis für menschliche Stimmen. In dem Anrufer glaubte ich ziemlich sicher den Leiter eines großen Gutes erkannt zu haben, das einen Rinderbestand von etwa 250 Kühen hatte. Ich kannte ihn als einen ruhigen, besonnenen Mann, den so leicht nichts aus der Fassung bringen konnte. Jetzt aber schien er die Nerven verloren zu haben. Dafür gab es nur eine Erklärung: Es mußte schlimm um die Tiere stehen.

Nun war ich hellwach. Während ich mich in Windeseile anzog, überlegte ich, was ich alles mitnehmen müßte, um Erste Hilfe zu leisten. Da kam vieles in Frage. Er hatte gesagt, daß es sich ebensogut um eine Seuche wie um eine Vergiftung handeln könne. Aber um welche Seuche? Wenn sich herausstellte, daß es eine war, mußte ich sofort den Amtstierarzt verständigen – ging es mir durch den Kopf.

Und wenn die Kühe vergiftet waren? Mit welchen Symptomen hatte ich zu rechnen? Und was konnte ich unternehmen, um einen schon entstandenen Schaden einzudämmen?

Während ich diese und noch viele andere Überlegungen anstellte, packte ich alle Medikamente ein, die eventuell gebraucht werden konnten. Ich verstaute sie im Auto und fuhr los.

Unterwegs versuchte ich noch einmal, mich an die Stimme des Anrufers zu erinnern. Plötzlich kamen mir Zweifel: Hatte ich sie im Halbschlaf wirklich als die des Gutsverwalters erkannt? Und wenn ich mich geirrt hatte? Wer kam dann in Frage? Jetzt blieb nur eines: Mir möglichst schnell Gewißheit zu verschaffen. So schnell wie an diesem Morgen bin ich die schlechten Wege zu dem abgelegenen Gut nie wieder gefahren.

Man kann sich meine Erleichterung vorstellen, als ich den Gutsverwalter am Eingang zum Kuhstall auf mich warten sah.

»Gott sei Dank, daß Sie da sind«, begrüßte er mich. »Es sieht schlimm aus.«

Als ich aus dem Auto stieg, nahm ich einen eigenartigen, aromatischen Geruch wahr, den ich aber nicht gleich bestimmen konnte, zumal der Verwalter mich in den Stall drängte.

Was ich drinnen sah, jagte auch mir einen gelinden Schrecken ein. Die Kuh, die mir am nächsten stand, ließ den Kopf hängen und glotzte mich aus stumpfen Augen von unten herauf an. Sie machte den Eindruck, als versuche sie zu erfassen, was um sie herum vorging, aber offensichtlich war sie dazu nicht mehr imstande. Mir fiel auf, daß ihr Lidschlag viel träger als normal war und auch unregelmäßig. Das Oberlid des einen Auges wurde langsamer über den Augapfel gesenkt als das des anderen und ebenso unregelmäßig wieder aufgezogen. Die Vorderbeine der Kuh waren leicht eingeknickt, der Hals lag auf dem Barrenrand. Haltung und Geschau machten den Eindruck, als sei sie verblödet. Alle anderen Kühe im Stall boten dasselbe Bild.

Jetzt verstand ich die Erregung des Verwalters. Der Anblick von mehr als 200 blöde glotzenden Kühen ließ auch mich das Schlimmste befürchten.

»Was, glauben Sie, ist hier passiert?« fragte der Mann besorgt.

»Das kann ich Ihnen erst sagen, wenn ich die Tiere untersucht habe.«

Ich begann mit der mir am nächsten stehenden Kuh. Ihre Körpertemperatur war normal, die Reflexe jedoch stark reduziert. Kreislauf-, Herz- und Atemtätigkeit waren ebenfalls herabgesetzt. Das hatte einen Kräfteschwund zur Folge. Der Magen hingegen arbeitete normal. Auch sonst ergab sich kein krankhafter Befund.

Ich untersuchte noch eine Anzahl anderer Kühe, konnte aber auch bei ihnen nur das gleiche feststellen.

Der Verwalter verfolgte sorgenvoll meine Untersuchungen und fragte mich immer wieder: »Können Sie mir nicht sagen, was ihnen fehlt?«

Ich hatte zwar eine Vermutung, nachdem ich im Stall den gleichen aromatischen Duft – nur noch stärker als draußen – festgestellt hatte. Ich wollte aber keine falschen Hoffnungen erwecken, bevor ich nicht ganz sicher war. In einem Punkt konnte ich ihn aber beruhigen: »Eine seuchenhafte Erkrankung liegt nicht vor.«

Der Mann atmete auf, um jedoch gleich wieder erschrocken zu fragen: »Dann ist es also eine Vergiftung?«

Ich nickte.

»Ist es schlimm? Was werden Sie dagegen tun?«

»Nichts.«

Er sah mich entgeistert an. »Aber das geht doch nicht«, stotterte er. »Man kann doch nicht einfach tatenlos zusehen.«

»In diesem Fall bleibt uns nichts anderes übrig. Es handelt sich nämlich um eine Alkoholvergiftung. Ihre Kühe sind schlicht und einfach betrunken.«

Der Verwalter sah mich an, als wäre ich selber nicht ganz nüchtern. »Wovon sollten die Kühe denn betrunken sein?«

»Das eben müssen wir feststellen. Haben Sie nicht gemerkt, daß es hier im Stall und auch draußen nach Alkohol riecht?«

»Der Geruch kommt vom Treber«, belehrte er mich. »Wir bekommen ihn regelmäßig von der städtischen Brauerei. Es ist ein ausgezeichnetes Futter. Die Kühe nehmen es gern. Aber Zustände wie heute haben sie noch nie davon gekriegt. Nein, hier muß eine andere Ursache vorliegen.«

Meiner Sache sicher, erkundigte ich mich: »Wann haben Sie das letzte Mal Treber verfüttert?«

»Heute morgen gegen 4 Uhr. Er war kurz zuvor angeliefert worden.«

»Hat er immer so stark gerochen wie heute?«

Der Verwalter dachte nach und zog mehrmals tief die Luft ein. »Nein, eigentlich nicht«, mußte er zugeben.

»Dann wollen wir uns mal bei der Brauerei erkundigen, weshalb er heute stärker riecht als sonst.«

Wir gingen zum Telefon. Der Mann, der sich in der Brauerei meldete, fragte verblüfft: »Was sagen Sie da? Ihre Kühe haben einen Schwips?« Plötzlich begann er zu lachen. »Das ist gut möglich. Bei uns ist nämlich die Destillation schadhaft geworden. Dadurch ist mehr Alkohol in den Treber gekommen als sonst.« Und dann kichernd: »Es scheint ihnen aber trotzdem geschmeckt zu haben.«

Er hatte recht. Die Kühe hatten den Treber nicht abgelehnt, sondern begierig aufgenommen. Und das in aller Herrgottsfrühe auf nüchternen Magen. Kein Wunder also, daß die Wirkung erschreckend war.

Dem Verwalter fiel ein Stein vom Herzen. »Sie können sich gar nicht vorstellen, wie froh ich bin«, versicherte er mir ein über das andere Mal.

Ich war ebenso erleichtert, daß die schlimmen Vermutungen, die der morgendliche Notruf bei mir ausgelöst hatte, sich nicht bewahrheiteten. In meiner langjährigen Praxis ist mir ein ganzer Stall betrunkener Kühe auch nicht mehr vorgekommen.

Ich muß noch hinzufügen, daß dieser überaus tüchtige Verwalter das Gut zu einem Musterbetrieb gemacht hatte. Er gehörte zu den wenigen, die damals schon Vorzugsmilch an Krankenhäuser und Säuglingsheime lieferten.

»Das dürfen Sie heute auf keinen Fall tun, denn bestimmt ist auch die Milch alkoholisiert«, erklärte ich ihm. »Stellen Sie sich vor, was das für einen Wirbel gäbe, wenn plötzlich die Säuglinge und die Kranken beschwipst wären.«

»Um Himmels willen, nur das nicht! Ich werde die betreffenden Stellen gleich verständigen, daß sie heute ausnahmsweise auf die Vorzugsmilch verzichten müssen.«

Während er mich zu meinem Wagen begleitete, fragte er noch: »Die Kühe werden doch keinen Schaden davontragen?«

»Bestimmt nicht. Ein bißchen verkatert werden sie heute noch sein. Das ist aber auch alles.«

Katze und Hund

Der Kater Bim und der Boxermischling Max hatten bei trockenem Wetter im Garten des Einfamilienhauses oft stundenlang zusammen gespielt, bis es dem Kater nicht mehr gefiel und er ins Haus wollte. Die Haustür war üblicherweise verschlossen, und so mußte er geduldig warten, bis sein Miauen gehört wurde oder zufällig jemand die Haustür öffnete. Dann sprang er hurtig die fünf Stufen des Vorhauses hoch, um flugs durch die meist offenstehende Wohnzimmertür zu rennen und mit einem Satz zu seinem gewohnten Lieblingsplatz auf dem Fensterbrett über der Heizung zu gelangen. Dieser Ablauf blieb über einige Jahre unverändert.

Vor einiger Zeit aber trug sich folgendes zu: Die Tierbesitzerin hörte das Läuten der Hausglocke, ging an die Tür, um zu öffnen, und war sehr erstaunt, als sie sah, daß nur ihre Katze vor ihr stand und sofort Richtung Lieblingsplatz startete. Als sie den Vorplatz und die Umgebung der Tür nach einer Erklärung absuchte, fiel ihr auf, daß sich der Glockenzug neben der Tür noch bewegte.

Dieser Vorgang wiederholte sich am nächsten und am übernächsten Tag. Jetzt war ihr klargeworden, was sie zunächst als ungläubig ahnte: Jedesmal, wenn die Katze im Garten war und ins Haus wollte, die Tür aber wie üblich verschlossen war, sprang sie hoch, ergriff mit der Pfote den Glockenzug und erwartete siegesgewiß den Erfolg ihrer Leistung. Daß der Katze die Besonderheit der Leistung bewußt war, dokumentierte diese schon durch ihr Imponiergebaren: Sie huschte nicht geduckt ins Haus wie früher, sondern sie trabte in selbstbewußter Haltung, mit geschwellter Brust und hoch erhobenem Schwanz, zielstrebig ihrer Fensterbank entgegen.

Allein im Garten zurück blieb der Hund. Er schaute zwar der Intelligenzleistung seines Spielgefährten interessiert zu, vermittelte aber durch seine traurigen Gesichtszüge den Eindruck, daß die Verhaltensweise der Katze ihm unzugänglich sei und er einsehen müsse, daß er so etwas nie fertigbringen würde.

Viele Wochen später fielen dem Hausherrn markante Kratzspuren an der Wand um den Glockenzug auf – keine scharfrandigen Spuren von Katzenkrallen, sondern stumpfe, wie sie ein Hund mit seinen Zehennägeln setzt. Erstaunlich war überdies, daß alle diese Spuren parallel zum herabhängenden Glockenzug verliefen. Hatte vielleicht der Max hier gekratzt, um seinem Spielgefährten ins Haus zu folgen? Hatte er gar versucht, ebenfalls die Glocke zu betätigen?

Dem Tierbesitzer kam eine Idee: Er band das Ende des Glockenzuges zu einer Schlaufe, in die man hineingreifen konnte. Kurze Zeit nachdem am nächsten Tag die beiden Tiere hinaus in den Garten gelassen worden waren, ging die Glocke sehr heftig. Und siehe da: Nicht die Katze trabte mit erhobenem Schwanz herein, sondern Max, der Boxermischling, saß hechelnd und mit strahlendem Blick vor seinem Herrn. Er hatte es geschafft! Von nun an konnte auch er klingeln, wenn er Einlaß begehrte.

Die Geschichte vom Schnufti

Unbedingt hatte sich meine Frau – damals noch ein junges Mädchen – nach einer schlimmen Erfahrung, die das Leben in tiefschwarzen Lettern geschrieben hatte, wieder einen Hund gewünscht. Diesem Wunsche entsprachen ihre Eltern, und eines Tages hatte sie ihren Foxel.

Schnufti hieß er, und er war ein echter Held, ein Hund, der wahrhaft den Teufel nicht fürchtete. Seine Gegner, gleichviel ob Artgenossen oder von anderer Herkunft, konnten gar nicht so groß und so aggressiv sein, daß er sie nicht gestellt und sich nicht auf einen Kampf eingelassen hätte. Daß er dabei auch einige Male Blessuren davontrug, war natürlich nicht zu vermeiden. Er hatte aber auch einen Intimus, der entsprach ungefähr seiner Rasse. Der Schnufti war reinen Geblüts, der Vater seines Intimus war hingegen nicht eindeutig auszumachen. Die beiden holten einander wechselweise ab und begleiteten sich nach ihren Ausflügen ebenso auch wieder nach Hause. Verabschiedet haben sie sich aber draußen. Über der Türschwelle des eigenen Hauses durfte der Hundespezi nicht treten, davor wurde er durch sehr böses Knurren gewarnt.

Wenn ich das heute rückblickend bedenke, war es eigentlich noch ein herrlich freier Zustand in unserer geliebten Stadt. Die Hunde liefen ungehindert und weitgehend ungefährdet herum. Und es waren viele Hunde, die sich beschnupperten, miteinander rauften oder auf freien Flächen miteinander spielten und sich des Lebens freuen konnten. Wenn sie einmal »Gassi« mußten, fanden sie noch Plätze, an denen dies seinen wirklich natürlichen Gang gehen durfte – sie hatten viele Bäume ohne Ringe aus Waschbeton und auch unzählige andere Pflanzen, die zu der Erde gehörten, in der sie wuchsen. Heute ist alles zugepflastert, zubetoniert, die Straßen sind gefährlich; hier und da wird ein Hund von seinem eingeschüchterten Besitzer an der Leine geführt. Nicht zuletzt haben viele Tierhalter Angst, von Passanten kritisch oder gar aggressiv angesprochen zu werden. Alles ist steriler geworden und hat an Leben verloren.

Zurück zu unserem Schnufti. Der größte Widersacher, den Schnufti hatte, war ein Schäferhund, dem er gelegentlich begegnete. Bis zu dem Vorfall, von dem zu erzählen ist, wurden beide stets an der Leine geführt, sobald sich die Gefahr eines direkten Aneinandergeratens abzeichnete. Eines Tages freilich passierte es, ich war zufällig Zeuge des Geschehens: Der Schäferhund kam aus einem Hauseingang, ohne angeleint zu sein, und prüfte schnuppernd, was sich während seiner Abwesenheit in der näheren Umgebung an Neuigkeiten getan hatte. Nur Schnufti lag ganz ruhig auf seinem Lager. Plötzlich sprang er auf, raste, ohne auf irgendein Hindernis Rücksicht zu nehmen, in ein Zimmer, wo zufällig ein Fenster geöffnet war. Mit einem Satz, wie ein vom Wind mitgerissenes Blatt Papier, flog er durch die Fensteröffnung hinaus in den Garten. Dort stand der Schäferhund, immer noch schnuppernd. Von dem heranbrausenden Schnufti aufgeschreckt, schaute er jäh um, und im gleichen Augenblick schnappte er auch schon zu. Er erwischte den Foxel an der empfindlichsten Stelle, im Halsschlagaderbereich.

Ich war aufgesprungen und rannte hinaus, um das Schlimmste vielleicht verhüten zu können. Als ich am Ort der Auseinandersetzung eintraf, schien es schon zu spät zu sein. Der Schnufti hing schlaff und leblos im Fang des Schäferhundes. Ich riß dem Sieger dieses kurzen Kampfes die Kiefer auseinander, was großer Kraftanstrengung bedurfte. Der Foxel fiel herab wie ein nasser Sack und lag nun da. Der Schäferhund zog ab mit typischem Imponiergehabe. Sein Nackenhaar war noch aufgestellt und der Schweif erhoben. Der zurückgelassenen Kampfstätte widmete er nur einen geringschätzigen, abweisenden Blick. Ich legte den leblosen Schnufti auf ein Rasenstück, beugte mich zu ihm hinunter, massierte seine Herzgegend und preßte pumpend seinen Brustkorb – mehr, um überhaupt etwas zu tun, oder vielleicht auch nur, um mich nach diesem häßlichen Erlebnis abzulenken, sicher nicht in der Erwartung, ihm durch meine Manipulation wieder Leben einzuhauchen. Doch plötzlich und unverhofft rührte sich etwas unter meinen Händen . . ., ich konnte den Schnufti nur noch am Schwanzstummel erwischen und ihn so gerade noch davon abhalten, sich mit dem ersten Atemzug gleich wieder auf seinen Rivalen zu stürzen.

An einem Frühlingsabend des nächsten Jahres fegte ein gewaltiger Föhnsturm über unser Voralpengebiet. Schon am Tag war der Himmel typisch klargefegt. Die im Süden aufragende Alpenkette hob sich in tiefem Schwarzblau scherenschnittartig vom intensiv hellblauen Himmel ab. Die Entfernungen schienen geschrumpft. Man konnte meinen, das Südufer des Sees sei nur einen Spaziergang von Starnberg entfernt und eins mit dem Fuß der hohen Berge. Mein Schwiegervater und ich saßen noch sehr lange zusammen an diesem stürmischen Abend und lasen.

Als ich mich anschickte, ins Bett zu gehen, fiel mir gar nicht auf, daß der Schnufti mir auf Schritt und Tritt folgte. Dieses Verhalten war für ihn ganz ungewöhnlich. Kaum war ich eingeschlafen, kratzte es energisch und unüberhörbar an meiner Tür. »Das ist der Hund«, kam mir ins halbwache Bewußtsein. Ich stand auf, öffnete die Tür. Schnufti war sichtlich erleichtert, er schlich ängstlichen Schrittes herein und legte sich neben mein Bett. Draußen tobte der Föhnsturm mit unverminderter Heftigkeit. Er rüttelte an den Fensterläden, was sich im Haus wie das Donnern eines lang anhaltenden, entfernten Gewitters anhörte. Auch sonst waren außer dem Brausen des Windes zahlreiche Geräusche zu vernehmen: Dort schlug wohl eine Plane, da war ein gläsernes Klirren oder ein metallisches Scheppern – es war alles nicht genau auszumachen. Jedenfalls hatte dieses Tönen ringsum etwas Unheimliches, wovor sich der Hund fürchtete. Dies brachte er unmißverständlich zum Ausdruck – eine völlig neue und absolut unerwartete Reaktion seines sonst so furchtlosen Seelenlebens.

Als ich mich wieder ins Bett gelegt hatte, legte ich meine Hand auf seine zottige Brust. Er hatte ganz dicht neben dem Bett sein Nachtlager bezogen. Ich spürte deutlich, wie er zitterte. Zunächst vermutete ich, daß ihm kalt geworden sei, da er normalerweise in seinem Korb in einer von ihm selber zurechtgewühlten Deckenmulde schlief. Also stand ich wieder auf und holte sein Körbchen herein, stellte es neben mein Bett und lockte ihn auf seine gewohnte Schlafunterlage. Wieder streckte ich meine Hand heraus, um das arme Tier zu berühren. Nichts half, Schnufti zitterte so stark, daß das ganze Körbchen mitbebte und gegen die Holzumrandung meines Bettes klopfte. Es war eine Weile verstrichen, und ich hatte meiner Ansicht nach auch schon geschlafen, als der Hund sich erhob und, in seinem Körbchen stehend, mich permanent anschaute. Als er merkte, daß ich wach war, stellte er die Vorderfüße auf mein Bett und steckte seinen Kopf unter meine Zudecke. Dabei übermittelte er mir eine Gefühlsbotschaft, wie er sie mir niemals vorher und niemals nachher zuteil werden ließ; mir war, als hätte er gesagt: »Du, ich habe Angst, mir ist unheimlich zumute, laß mich bitte in dein Bett, da fühle ich mich geborgen.« Also schlug ich meine Zudecke zurück, Schnufti stieg herein, kuschelte sich an, und wir beide sanken in den Schlaf.

Als ich am Morgen erwachte, hatte sich der Föhnsturm gelegt. Der Hund lag in seinem Korb und schlief fest.

Eine Roßkur

Während meiner Assistentenzeit wurde uns von einer Arzneimittelfirma ein Enthaarungsmittel für Tiere angepriesen. Das gab es bisher nicht. Und da uns ein solches Mittel an allen Ecken und Enden fehlte, wies der Chef mich an: »Fordern Sie die Firma auf, uns das Zeug vorzuführen.«

Der Erfolg war verblüffend.

Zufällig befand sich damals das Kaltblutpferd einer Brauerei bei uns in Behandlung. Das »Bräuroß« litt an einem nässenden Hautekzem im unteren Bereich der Vorderfüße. In der Fachsprache nennt man das eine Mauke in der Fesselbeuge. Sie von Haaren zu befreien war bis dahin, besonders bei Kaltblutpferden, recht schwierig gewesen. Da an dieser Stelle das Gewebe uneben und bucklig ist, konnte man die Haare nur höchst ungenügend mit der Schere entfernen. Aber nur wenn die Fesselbeuge haarfrei ist, kann man die Hauterkrankung mit Erfolg behandeln.

Das angebotene Enthaarungsmittel kam uns also gerade recht. Die chemische Grundlage war, wie wir feststellten, Schwefelwasserstoff. Er stank penetrant nach faulen Eiern. Trotzdem mußten wir das Mittel bei unserem Bräuroß anwenden. Das Ergebnis ließ uns den Gestank vergessen: Die Fesselbeuge war absolut frei von Haaren und die Haut in keiner Weise angegriffen.

Bei dieser Prozedur war einer unserer Pfleger – ein gutmütiger Mann, aber nicht gerade eine Leuchte – zugegen gewesen. Offensichtlich hatte sie ihn tief beeindruckt.

Diesen Pfleger muß ich etwas näher beschreiben. Alles an ihm war irgendwie mißraten. Er war klein und krummbeinig, er schielte und hatte nur noch einen Zahn. Aber glauben Sie ja nicht, daß diese Mängel ihn bedrückt hätten. Für ihn hatte ein jeder auch seinen Vorteil. Sogar der letzte wackelige Zahn, den er nach Belieben hin- und herschnalzen lassen konnte. Damit erschreckte er gern Fremde, die meinten, der Zahn werde ihm jeden Augenblick aus dem Mund springen.

Der Chef schätzte diese Vorstellung nicht. War er in der Nähe, hielt der Pfleger seine Lippen auch fest zusammengepreßt, um ja nicht in die ihm allmählich liebgewordene Gewohnheit zu verfallen.

Auch mir ging sie manchmal auf die Nerven. Eines Tages sagte ich ihm: »Mann, wie können Sie bloß mit diesem einen wackeligen Zahn leben? Lassen Sie sich doch ein Gebiß machen.«

Diesen Rat wies er so entrüstet zurück, als hätte ich ihm einen unsittlichen Antrag gemacht. »Herr Doktor, ich bin doch nicht blöd. Was meinen Sie, was ich spare, seit ich keine Zähne mehr habe. Jetzt brauche ich keinen Zahnarzt mehr. Der letzte Zahn fällt eines Tages auch von selber raus.« Und kichernd fügte er hinzu: »An mir werden die Herren Zahnärzte nichts mehr verdienen.«

Zur Ehre des komischen kleinen Mannes muß aber noch gesagt werden, daß sein Herz den Tieren gehörte und daß er unermüdlich für sie sorgte.

Bald nachdem wir dem Bräuroß die Haare entfernt hatten, hatte ich Nachtdienst und mit mir jener Pfleger. Bevor der Arzt sich auf sein Zimmer zurückziehen durfte, mußte er einen letzten Gang durch die Klinik machen. Der Pfleger öffnete die einzelnen Boxen und erstattete ihm Bericht über das Befinden des jeweiligen Patienten.

Jedesmal, wenn der Pfleger eine Box öffnete und ich dicht neben ihm stand – richtiger gesagt, über ihm, denn ich war wesentlich größer als er –, stieg mir eine Wolke von Schwefelwasserstoff in die Nase. Ich konnte mir nicht erklären, woher der Gestank kam, denn seit wir das Bräuroß mit dem Enthaarungsmittel behandelt hatten, war es nicht mehr verwendet worden.

Als mein Begleiter eine der letzten Boxen öffnete, fiel mein Blick zufällig auf seinen Kopf. Seine Haare waren mit einer feinen grauen Schicht wie mit einem Überzug bedeckt.

Nichts Gutes ahnend, fragte ich ihn: »Was haben Sie denn mit Ihren Haaren gemacht?«

Verlegen setzte er zu einer umständlichen Erklärung an: »Herr Doktor, da hab' ich doch neulich gesehen, wie schnell Sie die Haare bei dem Pferd weggebracht haben. Es hat dem Gaul überhaupt nichts ausgemacht. Nicht mal die Haut war rot. Da hab' ich mir gedacht: Mach's bei dir auch, dann sparst du den Friseur. Ich brauch' ihn zwar nicht oft, aber jedesmal ist er teurer. Das ärgert mich. Deshalb hab' ich mir heute abend ein bißchen von dem Mittel auf den Kopf gerieben.«

»Mann, Sie sind ja nicht bei Trost! Sie haben doch nicht die Haut von einem Bräuroß. Sie müssen das Zeug sofort runterwaschen«, verlangte ich.

Davon war er gar nicht begeistert. »Dann werde ich meine Haare doch nicht los«, jammerte er.

Der Arme wurde nicht nur die Haare, sondern auch einen Teil der Kopfhaut los. Drei Wochen lang konnte er nicht zum Dienst kommen. Schmerzen hatte er obendrein. Hinterher war er aber wieder ganz vergnügt. Daß nun auch der Friseur nichts mehr an ihm verdienen würde, ließ ihn alle Unbill vergessen.

Wüstenerlebnisse

Zwei Tierärzte, ein Wissenschaftler und ein Praktiker, besuchten vor einigen Jahren mit ihren Frauen ein Land im Osten des Schwarzen Kontinents, das einen unendlichen Tierreichtum aufzuweisen hatte. Von dieser unserer Reise möchte ich einige besondere Eindrücke weitergeben. Das Ganze war schon ein kleines Abenteuer, das freilich dank der modernen Fortbewegungsmittel kaum Risiken oder Gefahren beinhaltete. Die Reise durch dieses Land – sie dauerte fast vier Wochen – verlief in vollster Harmonie und zur glücklichen Zufriedenheit von uns allen vieren.

Zunächst stellt sich die Frage, wie wir überhaupt dazu kamen. Der Wissenschaftler hatte viele Jahre zuvor einen Forschungsauftrag für dieses Gebiet erhalten; es war ihm die Möglichkeit gegeben worden, diesen mit einigen ausgewählten Mitarbeitern, gut ausgestattet mit Zelten und anderem Zubehör sowie, was unentbehrlich und von größter Wichtigkeit ist, mit einem ortskundigen oder, exakter ausgedrückt, landeskundigen Begleiter auszuführen. Er hatte dann, mit kurzen Unterbrechungen, an der Universität in der Hauptstadt dieses Landes gelehrt. Er war – das kann man wohl mit Fug und Recht sagen – schließlich selber so orientierungssicher, daß er es ohne zusätzlichen Begleiter wagen konnte, mit uns kreuz und quer, von einem Camp zum anderen, durch die Wüste zu fahren.

Wir reisten im Herbst. Die Gnus zogen gerade in großem Strom vom Südwesten in den Norden. Wenn die

Morgendämmerung etwas aufgestiegen war, konnten wir am Horizont einen breiten, schwarzen Strich sehen. Erst bei genauem, geduldigem Anpeilen mit dem Fernglas erkannten wir, daß es Tausende von Gnus waren. Eines Morgens führte uns unser Weg – Straßen gab es nur ganz vereinzelt – relativ nahe an diesen Zug, der sich unaufhörlich zu bewegen schien. Mitten in dieser schier unendlichen Masse von dunkelfarbenen Wiederkäuern hatte sich offensichtlich ein Pulk gebildet. Durch das Fernglas konnte ich beobachten, daß eines der Gnus gerade kalbte. Das Muttertier wurde von einer großen Anzahl Artgenossen umschlossen, damit es nicht von Raubtieren gestört oder sogar gerissen wird. Tatsächlich lag in nicht sehr weitem Abstand eine Löwengruppe lässig in der Sonne. Die lebende Festung um die Gebärende lichtete sich erst, als die Geburt vorbei war und das Kälbchen mitlaufen konnte. Die Löwen begnügten sich mit der liegengebliebenen Nachgeburt. Das unterstrich unseren generellen Eindruck, daß Löwen sehr, sehr faul sind. Daß der Wüstenkönig ein Paschaleben führt, steht sowieso außer Zweifel.

Wir schliefen nachts in großen Zelten. Als wir aufwachten und die das Zelt verschließende Plane zurückschlugen, passierte es häufiger, daß auf der Zeltstange ein Vögelchen saß, dessen Gefieder bunt und dessen Stimme so wunderschön war, daß wir glaubten, noch nie so ein Vogellied gehört zu haben. An einem dieser Tage stiegen wir bereits nach kurzem Frühstück in unseren Geländewagen. Wir fuhren in die Wüste hinaus. Da entdeckten wir auf einmal eine unübersehbare, sich immer mehr zusammenschiebende Ansammlung von Zebras und Gnus. Nur die vorderste Linie war geordnet, sie wurde von Zebras gebildet, die wie eine Schützenreihe dastanden, alle Köpfe und

Blicke demselben Punkt zugewandt. Was war die Ursache für dieses ungewöhnliche Verhalten?

Die Tiere waren auf dem Weg zu einer Wasserstelle. Als sie in die Nähe dieses kleinen Sees kamen, in dessen Mitte eine winzige Insel war, entdeckten sie, daß sich auf dieser Insel drei Löwen tummelten und sich in schmusendem Spiel die Zeit vertrieben. Beim Anblick dieser Raubkatzen blieben sie in gebührender Entfernung wie angewurzelt stehen, unverwandt auf jene starrend, die sie davon abhielten, ihren Morgendurst zu stillen. Die sich stauende Masse von Tieren wurde immer größer, es war eine nicht zu schätzende Zahl von Zebras und Gnus, die offensichtlich gewohnt war, sich an dieser Wasserstelle zu laben. Als wir nach einigen Stunden wieder dort vorbeifuhren, war das Bild noch unverändert. Wer schließlich den Anfang machte, die Situation zu lösen – ob die Durstigen sich nach einer anderen Wasserstelle umsahen oder die Löwen die Insel verließen –, konnten wir nicht abwarten.

Eines Abends suchten wir in der hereinbrechenden Dämmerung ein Camp, das uns für die Nacht Unterkunft, vorher aber ein Abendessen bieten sollte. Wir waren fast den ganzen Tag durch die Wüste gefahren und hatten nur die nicht gerade üppige Bordverpflegung, die wir immer mit uns führten, zu uns genommen. An einem großen Felsbrocken waren ein weißer Pfeil für die Fahrtrichtung und der Name des gesuchten Camps aufgemalt. Wir triumphierten. Jetzt waren wir unserem Ziel nahe. Es gab auch so etwas wie eine Straße: Mit einer Planierraupe war der steinige Oberbelag weggeschoben – bis zu einer Stelle, an der sich das weggeschobene Geröll zu einem Berg auftürmte und den Weg versperrte. Nun ging's querfeldein. In weiter Ferne entdeckte ich ein Licht. Ich beschloß nach Rücksprache mit den anderen, auf das Dach des Wagens zu klettern und dem Freund, der den Wagen lenkte, die durch Gestrüpp manchmal verdeckte Sicht mit zugerufenen Richtungsangaben und Wegbeschreibungen zu ersetzen. Unwahrscheinlich viele Tiere huschten rechts und links am Wagen vorbei. Ich konnte nur einen kleinen Teil der vom Scheinwerferlicht erfaßten erkennen, da ich mein Augenmerk auf das Gelände und insbesondere auf das Licht in der Ferne konzentrierte. Inzwischen war es ganz dunkel geworden und plötzlich das einsame Licht vor mir verschwunden. Wir hielten an und überlegten, was zu tun sei. Wir versuchten zurückzufahren, ich war immer noch auf dem Dach, als ich plötzlich rechts und links unserer Fahrstrecke in unmittelbarer Nähe eine bedrohliche Ansammlung – ich konnte die Anzahl nicht schätzen – von sich bewegenden, finsteren Ungeheuern ausmachte, die einige kleinere, nicht weniger dunkle Kolosse mitführten. Es war eine große Elefantenherde, deren Wechsel wir kreuzten. Für einen Augenblick eine sehr unangenehme Situation! Bevor ich ihn aufmerksam machen konnte, erfaßte auch unser Freund die Lage, er trat beherzt auf das Gaspedal und fuhr über Stock und Stein davon – mit mir auf dem Dach! Aber was hätte er machen sollen? Kurz danach entdeckte ich per Zufall das erleuchtete Camp wieder. Wir waren sehr erlöst, als wir endlich die bewachte Pforte passierten.

Es waren einige weitere erlebnisreiche Tage verstrichen, als wir auf unserer Strecke ein ausgetrocknetes Flußbett durchquerten. Plötzlich schien aber nicht nur das Flußbett, sondern auch unser Benzintank ausgetrocknet zu sein. Wir mußten aus dem Reservekanister Sprit nachfüllen. Das alte Fahrzeugmodell, das wir fuhren, hatte aber einen verdeckten, kurzen Einfüllstutzen, und wir hatten keinen Trichter dabei. In dieser etwas verzweifelten Situation fiel mir ein, daß wir eine Flasche »Remy Martin« im Wagen hatten, die nur noch einen ganz geringen Inhalt hatte. Wir Männer leerten »pflichtbewußt« die Flasche, ich umwickelte den Boden mit Leukoplast und schlug ihn mit einem spitzen Stein ein – der Trichter war fertig. Als wir ihn ansetzten und Treibstoff eingossen, sprudelte ein Teil wieder heraus. Warum? Ich prüfte unser Provisorium: Der Korken war noch im Hals der Flasche! Wahrscheinlich war der Inhalt vorher doch größer, als wir meinten.

Tage später führte uns der Weg durch eine weltgeschichtlich bedeutende Gegend, die einen unbeschreiblichen Eindruck vermittelte. Als wir von der Höhe in die weit ausladende Tiefe schauten, sahen alle Bäume wie winzige Mooskissen aus. Wir befanden uns am Rand des Ostafrikanischen Grabens. Der Gedanke, daß hier vor etwa dreißig, vierzig Jahren die ältesten Funde menschlicher Überreste entdeckt wurden, daß wir also – nach allem, was wir heute wissen – an der Wiege der Menschheit standen, erfüllte uns mit Respekt, ja Ehrfurcht.

Die unendlich reichen Eindrücke, welche die freundlichen, offenen Menschen, die ursprünglichen, oft überraschend zutraulichen Tiere und die großartige Landschaft uns vermittelten, ließen sich hier nur in bescheidenen Bruchstücken wiedergeben, die aber – wie ich hoffe – den Leser ein klein wenig mitgenommen haben auf die uns unvergeßliche Fahrt.

Schlaftabletten für einen Hund

Gelegentlich treten bei jungen Hunden in einer frühen Entwicklungsphase Wachstumsverzögerungen auf, die medikamentös gut zu beeinflussen sind. Man sollte diese Behandlung in solchen Fällen den Jungtieren stets zukommen lassen; sie wachsen dann besser, entwickeln sich ausgeglichener und haben im Erwachsenenalter vielleicht auch mehr Lebensfreude. Diese Präparate sind heute meist luftdicht verpackt, weil sie im allgemeinen – wie der Fachmann es nennt – »hygroskopisch« sind, also Feuchtigkeit aus der Umgebung anziehen. In der Regel handelt es sich um Tabletten.

Im Alter von fast 16 Jahren war der Hund einer älteren Frau, die sehr lebensbejahend und rüstig war, gestorben. Diese Frau blieb keine 48 Stunden allein, sie erkundigte sich nach einem Pudelzwinger, der Welpen verkauft, und fuhr noch am selben Tag dorthin. Sie nahm den ersten Junghund, der auf sie zukam, und beide waren sofort ein Herz und eine Seele. Als sie mit ihrem neuen kleinen Weggefährten zu Hause angekommen war, rief sie bei uns an, erzählte von ihrem Glück und bat mich, ihre Neuerwerbung zu untersuchen und zu impfen. Bei dieser Untersuchung stellte ich an den Knochen die Tendenz zu verzögertem Wachstum fest und schrieb ein Rezept für eines der oben erwähnten Präparate.

Drei oder vier Tage später rief mich die Hundebesitzerin wieder an und erzählte mir, daß der junge Hund sein Wesen völlig verändert habe, seit er die Tabletten bekomme. Er spiele nicht mehr, sei ausgesprochen traurig, schlafe Tag und Nacht und sei »überhaupt kein junger Hund mehr«. Er trinke nichts und nehme kaum Futter; das sei wohl doch alles nicht so ganz normal! Natürlich fuhr ich sofort hin und untersuchte den Welpen mit äußerster Gründlichkeit, um jeden noch so kleinen Anhaltspunkt ausfindig machen zu können. Die Angaben der Hundebesitzerin waren absolut zutreffend: Es lag eine eklatante Wesensveränderung vor, der junge Hund war extrem schläfrig und deprimiert. Um der Sache nun auf den Grund zu kommen – ich äußerte den Verdacht einer schleichenden Vergiftung –, ließ ich mir zunächst die Räume zeigen, in denen der Hund umherlaufen konnte. Dann mußte die Frau mir das Futter genau beschreiben und schließlich das Spielzeug vorzeigen, das in großen Mengen vorhanden war. Nichts war zu entdecken, es bot sich nicht der geringste Anhaltspunkt für die Möglichkeit einer Vergiftung. Ich wurde langsam unruhig, da sich überhaupt kein Ergebnis abzuzeichnen begann. Und während der ganzen Zeit des Suchens und Überlegens lag das arme Tierchen in einer Ecke und schlief . . .

Plötzlich kam mir eine Idee: Ich ließ mir von der Hundehalterin noch einmal den Tagesablauf des Hundes im Detail erzählen. Dabei kam dann der Hinweis, daß die Frau morgens, wenn sie ins Bad gehe, dem Hund auch gleich eine von den verschriebenen Tabletten gebe. Und es fiel die Bemerkung, daß sie die Tabletten in ein Arzneimittelröhrchen von sich selbst umgefüllt habe, weil diese – nicht einzeln luftdicht verpackten – Tabletten mit der Zeit so weich und bröckelig würden. Auf meine Bitte, mir doch einmal das Medikamentenröhrchen zu zeigen, öffnete sie ein Schränkchen über dem Waschtisch im Bad und gab mir das Röhrchen eines sehr starken, verschreibungspflichtigen Schlafmittels für erwachsene Menschen. Als ich das Röhrchen öffnete, traute ich meinen Augen kaum: Die von der angezogenen Feuchtigkeit schwer gewordenen Aufbautabletten für den Hund stellten den »Bodensatz« dar, und die in dem Röhrchen noch auf dem Grund lagernden Schlaftabletten waren, wohl auch bedingt durch Schütteln, nach oben gekommen. Das hatte die Frau, die an ausgeprägter Altersweitsichtigkeit litt, natürlich nicht bemerkt.

So hatte sie ihrem zwölf Wochen alten Pudelwelpen schon vier Tage lang morgens und abends, fein säuberlich in Fleisch eingepackt, jeweils eine starke Schlaftablette verabreicht. Mich wunderte es überhaupt nicht mehr, daß der kleine Hund Tag und Nach schlief; eher war ich nun darüber erstaunt, daß der Kleine das überlebt hatte. Nach sofortigem Absetzen dieser eigentlich schon tödlichen Tagesdosen wurde der Hund schnell wieder munter und lebensfroh, und er entwickelte sich schließlich, wie wir es uns gewünscht und vorgestellt hatten.

Der eingebildete Kranke

Wird dieser Begriff auf Hunde angewendet, denkt man unwillkürlich: Da kann es sich doch wirklich nur um einen Dackel handeln. Die Vertreter dieser Rasse gehören zweifellos zu den begabtesten Komikern und Simulanten unter den Hunden.

Eines Tages, wir saßen gerade beim Mittagessen in der Klinik, erschien einer der Pfleger und bat mich, ich möchte doch rasch in den Warteraum hinunterkommen. Dort säßen, tränenüberströmt, zwei Frauen mit ihrem schwerkranken »Hunderl«. Ich wußte, daß dieser Pfleger, ein altgedientes Faktotum mit großer Erfahrung, mich nicht vom Essen wegholen würde, wenn es sich nicht um einen ernsten, vielleicht sogar lebensbedrohenden Fall handelte. Auf grundlose wehleidige Schilderungen fiel er nicht herein.

Also zog ich rasch meinen weißen Mantel wieder an und ging mit ihm hinunter. Als ich die Tür zum Warteraum öffnete, bot sich mir ein mitleiderregendes Bild. Da saßen zwei schwarzgekleidete, weinende Frauen und hielten auf ihrem Schoß ein in Wolldecken gepacktes Etwas. Ich bat sie, ins Sprechzimmer zu kommen, denn im Warteraum konnte ich das Tier ja nicht untersuchen. Dazu fanden sie sich jedoch erst nach gutem Zureden bereit, weil jede Bewegung dem Hund weh tue.

Die eine murmelte etwas wie: Wenn er überhaupt noch lebt. Ihren Worten folgte ein neuer Tränenstrom und ein noch heftigeres Schluchzen.

Als sie sich ein wenig beruhigt hatten, bat ich: »Nun erzählen Sie mir mal, was passiert ist.«

Daraufhin begannen beide zugleich zu reden, immer wieder von Schluchzern unterbrochen. Es war schwer, sich aus ihren undeutlich hervorgestoßenen Worten und Sätzen ein Bild zu machen. Zunächst glaubte ich, nicht recht zu hören. Sie berichteten nämlich, daß sie in einem der großen Münchner Häuser wohnten, die um die Jahrhundertwende entstanden und so solide gebaut waren, daß man noch immer gern darin lebte. Die Treppenstufen seien mit Linoleum belegt.

»An der Vorderseite ist es sauber mit Messingleisten festgemacht«, erklärte mir eine der Damen.

Ein wenig ratlos erkundigte ich mich: »Das ist sicher sehr schön, aber was hat das mit der Krankheit Ihres Hundes zu tun?«

»Das hat sehr viel damit zu tun.« Zum Glück übernahm jetzt nur eine Dame die Berichterstattung, während die andere sich auf beifälliges Nicken beschränkte. »Sie wissen doch«, fuhr sie fort, »daß es heute vormittag in Strömen geregnet hat. Grad geschüttet hat's. Als wir vom Gassigehen heimkamen, war der Waldl pudelnaß. Doch ausgerechnet heute hat er sich nicht abtrocknen lassen. Er ist uns entwischt und wollte vor uns die Treppe raufrennen. Wahrscheinlich wollte er schnell in die warme Wohnung kommen. Aber kaum hatte er die Pfoten auf die erste Stufe gesetzt, hat er laut aufgejault und ist hintenübergefallen. Er ist wie tot liegengeblieben und hat sich nicht mehr gerührt. Wer weiß«, und nun versagte ihr wirklich die Stimme, »vielleicht ist er jetzt schon tot.«

Während ihres Berichtes hatte ich versucht, die Wolldecke am Kopfende des Tieres ein wenig zu öffnen, doch die beiden protestierten so heftig, daß ich meine Hand schnell wieder zurückzog. »Nein, nein, nicht anfassen!« riefen sie. »Wenn er noch lebt, hat er bestimmt furchtbare Schmerzen.«

Nun sind überängstliche, meist alleinstehende Menschen, deren ein und alles ihr »Hunderl« ist, keine Seltenheit. Die Erfahrung im Umgang mit ihnen hatte uns gelehrt, daß nur mit viel Geduld bei ihnen etwas zu erreichen war.

Also sagte ich so sanft wie möglich: »Meine Damen, wie soll ich Ihrem Hund denn helfen, wenn ich ihn nicht ansehen, geschweige denn anfassen darf?«

Das schien ihnen einzuleuchten. Ich nutzte die Gelegenheit zu versichern, daß ich ganz behutsam mit ihrem Liebling umgehen und ihm bestimmt keine Schmerzen zufügen würde.

Nachdem sie noch einige fragende Blicke miteinander gewechselt hatten – sollen wir, oder sollen wir nicht? –, legten sie die Deckenrolle auf den Untersuchungstisch. Ich durfte sie sogar aufwickeln. Schon beim ersten Blick hinein fielen mir die frischen, lebhaften Augen des Dackels auf.

Die beiden Damen verfolgten argwöhnisch jeden meiner Handgriffe, bereit, mir beim ersten Schmerzenslaut ihres Hundes in den Arm zu fallen. Der jedoch gab kein Laut von sich. Bewegungslos wartete er, bis ich ihn von allen Hüllen befreit hatte. Dann sprang er mit einem Satz vom Behandlungstisch und flitzte wie ein geölter Blitz zur Tür hinaus.

Den Frauen verschlug es für einen Augenblick die Sprache, dann brachen sie in schallendes Gelächter aus.

»Da schaug her, so a Luada!« sagte die eine.

»Sauber hat er uns blitzt!« die andere. Das klang nicht etwa böse. Im Gegenteil, sie schienen ausgesprochen stolz auf ihren Hund zu sein. Plötzlich ging ihnen auf, daß er ja davongelaufen war. Die eine ergriff rasch die Decken, und lachend liefen sie hinter dem Ausreißer her. Um mich kümmerten sie sich nicht mehr.

Ich habe ihnen wohl ziemlich verdutzt nachgeschaut. Die Verwandlung von zwei eben noch gramgebeugten alten Weiberln in die wieselflink Davoneilenden war gar zu verblüffend. Dann aber mußte ich herzlich lachen. Daß der raffinierte Dackel auch unseren alterfahrenen Pfleger geblitzt hatte, war mir lieber, als einen schwerkranken Hund behandeln zu müssen.

Allmählich konnte ich mir auch zusammenreimen, was geschehen war: Als der Dackel mit seinem nassen Bauch die Messingleiste der ersten Treppenstufe berührt hatte, war ihm offensichtlich ein schneidendes Kältegefühl in den Körper gefahren. Und wehleidig, wie Dackel ja oft sind, hatte er diesen Schreck mit einem Schrei quittiert und sich nach hinten fallen lassen. Die beiden erschrockenen Fräuleins hatten ihn aufgehoben und in warme Dekken gewickelt. Das hatte ihm gefallen. Er war aber nicht gewillt, sich von einem Wildfremden, der bedrohlich nach Medikamenten roch, untersuchen zu lassen. Also rettete er sich mit einem Sprung ins Freie.

Ja, überlegte ich, so mußte es wohl gewesen sein.

Als ich an den Mittagstisch zurückkam, erkundigten sich die Kollegen: »Na, was war? Schwerer Fall?«

»Überhaupt keiner. Ein Dackel hat krank gespielt.« Und ich erzählte ihnen, was ich eben erlebt hatte.

»Typisch«, erwiderte ein Kollege, »zu simulieren verstehen die wie keine andere Hunderasse. Bei Freunden hab' ich mal noch etwas viel Tolleres erlebt.«

»Erzähle!« hieß es allgemein.

Also: Meine Freunde, eine Art Großbauern, besaßen

eine rotbraune Langhaardackelhündin namens Hexie. Geliebt und verwöhnt von der ganzen Familie. Eines Tages passierte ein Unglück. Beim Hasch-mich-Spielen lief Hexie der zwölfjährigen Tochter zwischen die Beine. Sie stolperte und fiel genau auf die Hündin. Hexie schrie wie am Spieß. Die Mutter kam aus dem Haus gestürzt und nahm die offensichtlich schwer Verletzte auf den Arm. Drin im Haus ließ Hexie sich, noch immer winselnd, auf die Couch betten. Den einen Vorderlauf hielt sie klagend von sich abgestreckt. Wenn man jedoch versuchte, ihn abzutasten, fletschte sie die Zähne und knurrte böse.

»Sie muß scheußliche Schmerzen haben«, meinte die Mutter. »Hoffentlich ist der Lauf nicht gebrochen.«

Hexie hatte aber nichts dagegen, daß man sie mit guten Bissen verwöhnte. Den Appetit hatte es ihr nicht verschlagen.

Natürlich wurde sie von allen Seiten bedauert. Fragte ein Gast mitleidig: »Ja, Hexie, was ist dir denn passiert?«, weinte sie leise vor sich hin.

Als man sie nach Tagen auf den Boden setzte, hinkte sie. Und das verlor sich auch mit der Zeit nicht. Für das kleine Mädchen war die hinkende Hexie, die sie sehr liebte, eine ständige Anklage.

Wochen später, als der Gutsherr mit seiner Frau über die Felder ging, hörten sie von weitem das heisere Bläffen eines jagenden Hundes. Dann sahen sie einen Haken schlagenden Hasen über das Feld jagen und hinter ihm ein Dackel. Der Vater hob das Fernglas an die Augen: »Das ist doch . . . nein, das kann unmöglich Hexie sein.«

Es war Hexie. Angerufen ließ sie von dem Hasen ab und kam – nun wieder eindrucksvoll hinkend – auf die beiden zu.

Jetzt prasselte ein gewaltiges Donnerwetter auf sie nieder. Und da sie von nun an niemand mehr bedauerte, gab sie das Hinken auf. Immerhin hat sie es einige Wochen lang durchgehalten.

Das kleine Mädchen und das Schwein

Sie war die hübscheste von den vier Geschwistern, ihr braun-schwarzes Haar war schulterlang, ihr Gesichtchen weich, und ihre dunklen Augen verrieten schon eine gewisse Eigenwilligkeit, gepaart mit einer Bereitschaft, offen für alles zu sein, was sie für liebenswert hielt. Der Vater war ein Bauer; ein Bauer, der seine Arbeit mit großer Leidenschaft und Hingabe erfüllte. Der Landbesitz war nicht unüberschaubar groß, aber sehr gut versorgt. Ebenso gewissenhaft wurden die Tiere betreut. Kein Abend verging, ohne daß der Bauer sich nicht von seinen sechs Pferden, die er besonders liebte, verabschiedet hätte. Sie warteten schon darauf und begrüßten ihn jedesmal mit einem Wiehern, wenn er durch die Stalltür trat und ein Stück Brot für jedes Pferd in seiner Tasche trug. Neben dem Pferdestall war der Schweinestall mit vier mittelgroßen Boxen, und dahinter lag, streng getrennt, der Kuhstall. Die dreißig oder vierzig Kühe wurden von einer Melkerfamilie betreut. Der Bauer betrat den Kuhstall nur zweimal am Tag, um seine Anweisungen über Fütterung, Deckzeiten und Sonstiges zu geben.

Nie hat er zuvor im Kuhstall selbst Hand angelegt. Sein Gang war aufrecht und seine Einstellung und Haltung korrekt. Sein Anzug war stets gepflegt, nie ließ er es an seinem Erscheinungsbild erkennen, wie hart die Arbeit war, die er verrichtete. Er war ein Herr im Herzen und im Äußeren. Er muß auch einmal ein ausgezeichneter Reiter gewesen sein. Oft betrat er morgens die Stallungen und führte seine kleine Tochter an der Hand. Dann lag ihr weiches Händchen in der von der Arbeit hart gewordenen Handinnenfläche des Bauern. Er erklärte dem Mädchen ausführlich die Verhaltensweisen der einzelnen Tiere. So kam es eines Tages dazu, daß die beiden an eine der Schweineboxen traten und der Bauer feststellte, daß die Muttersau in der Nacht geferkelt hatte und, bis auf eines, alle Jungen aufgefressen hatte. Dieses Ferkelfressen gibt es gelegentlich, seine Ursachen sind bis heute nicht eindeutig geklärt. Die moderne Verhaltensforschung lehrt uns, daß sich Schweinemütter dann von ihren Jungen trennen, wenn der Lebensraum zu klein ist, die normale Entwicklung der Jungen dem Muttertier ungesichert erscheint oder wenn aus einer anderen Richtung eine Gefahr für die Nachkommen lauert. Nach Abschluß der Geburt, also wenn das letzte Junge ausgestoßen ist, setzen zehn Minuten bis eine halbe Stunde später die Nachwehen ein, und der Abgang der Nachgeburt erfolgt. Diese mußte sofort beseitigt werden, da sonst das Muttertier die Nachgeburt auffrißt. Früher war man der Ansicht, daß es so dazu angeregt wird, auch die Ferkel aufzufressen.

Auch das Schwein des Bauern war allein gelassen worden und hatte fast seinen gesamten Wurf aufgefressen. Das einzig überlebende Ferkel war aber auch schon angefressen; es fehlte ihm der Schwanz, nur so ein blutender Stummel war noch zu sehen, eine Ohrmuschel war ebenfalls angeknabbert. Quiekend und suchend wühlte sich das kleine Lebewesen durch einen Strohhaufen. Die Einstreu hatte die Sau zu einem Berg zusammengeschoben, in diesem Strohberg hatte sich das Ferkel verirrt, und das war seine Rettung: Die Mutter hatte es nicht gefunden.

An diesem Morgen begleitete der Melkermeister bei der Besichtigung des Stalles den Bauern, und seine kleine

Tochter war dabei. Als der Bauer entdeckte, was da in der Schweinebox geschehen war, gab er dem Melker zu verstehen, daß er das letzte Junge töten solle, denn der Versuch, dieses Tierchen aufzuziehen, wäre gänzlich unsinnig. Das kleine Mädchen aber hatte sehr gut aufgepaßt und verstand genau, was ihr Vater angeschafft hatte. Ganz still und ohne ein Wort zu sagen, begann sie bitterlich zu weinen, sie löste sich aus der Hand ihres Vaters und trocknete sich mit dem Schürzchen die Tränen ab, was nichts nützte, denn der Tränenfluß war überreich. Der Bauer hatte Mitleid mit dem Mädchen, und er versuchte, ihr noch mal alles zu erklären, weil er glaubte, das Kind weine über das, was geschehen war. Aber das Kind weinte über das, was geschehen sollte. »Bitte, bitte, Papa, schenk mir das kleine Schwein, ich will versuchen, es aufzuziehen, bitte, Papa, laß es leben, ich sorge ganz allein dafür.« Diese Bitten haben den Bauern erweicht und unfähig gemacht, auf seiner Anordnung zu bestehen. Das Kind rannte zur Mutter in die Küche, erzählte ihr alles, was sie gehört hatte, und bat sie, ihr zu sagen, was das neugeborene Schweinchen essen dürfe. Auch die Mutter war sehr gerührt von dem Verhalten ihrer Tochter und richtete sofort alles Notwendige her: Eine Säuglingsflasche wurde herausgeholt, das Loch im Gummisauger vergrößert, Reisschleim gekocht und mit Kuhmilch halb und halb vermischt, das Ganze in ein Wasserbad getaucht und an dem eigenen Oberlid auf die Temperatur getestet. »So«, sagte die Mutter, »und jetzt mußt du das kleine Schwein fünf- bis sechsmal am Tage trinken lassen, bis es satt ist.«

Die Eltern waren nicht sehr überzeugt davon, daß das Kind die Aufzucht dieses kleinen Schweinchens schaffen würde, aber sie glaubten, daß das wohl eine sehr harte, aber auch sehr gute Lehre für ihr weiteres Leben bedeuten könnte. Mit einem unbeschreiblichen Eifer verfolgte das Kind seine Aufgabe. Das Schweinchen wuchs und wuchs. Es wurde ein eigener Stall gebaut, in dem sich das Tier sehr wohl fühlte. Die beiden, das Mädchen und das Schwein, wurden untrennbare Freunde. Das Tier hörte auf seinen Namen, kam aus der Herde, in der es später lebte, herbeigelaufen, wenn es gerufen wurde. Das Schwein begleitete das Kind, wenn es mit dem Rad auf die Felder fuhr, um den dort Arbeitenden eine Brotzeit zu bringen. Aber die zwei waren nicht nur in der frühen Kindheit unzertrennliche Freunde, sondern auch später noch, als das Mädchen das Schulalter erreicht hatte, wurde es von dem borstigen Lebensgefährten begleitet. Wenn das Mädchen in das Schulgebäude ging und sagte: »So, jetzt lauf wieder heim«, dann drehte sich das Tier um und lief auf den Hof zurück. Der Bauer war sehr glücklich über diese Entwicklung und unterstützte die zwei Freunde, solange es ging und wann immer eine Unterstützung notwendig war. Als das Mädchen siebzehn Jahre alt geworden war, merkte es, daß das Schwein ihm nicht mehr folgen konnte, es war alt geworden, es konnte nicht mehr richtig laufen. Das Bein, das damals von der Muttersau verletzt worden war, bereitete ihm jetzt große Beschwerden. Die Borsten waren ganz weiß, das Futter konnte es nicht mehr richtig kauen, und es magerte sehr ab. Immer noch, obwohl es schon schwer hörte und schlecht sah, reagierte es sehr deutlich, wenn das Mädchen, das inzwischen eine hübsche junge Dame geworden war, irgendwo in seiner Nähe erschien. Im Laufe eines Tages geschah es unzählige Male, daß das Mädchen mit dem Tier sprach. Sie war glücklich, daß es ihren Freund noch gab.

Eines Morgens kam das Mädchen wie gewohnt an den Stall, um mit ihrem Freund zu reden und ihn auf die Sauweide zu lassen, aber er reagierte nicht, er rührte sich nicht. In einer Ecke des Stalles war ein Strohhaufen zusammengeschoben, darunter lag das Schwein, es war für immer eingeschlafen. Nach dreizehn Lebensjahren war dem Leben ein friedliches Ende gegeben.

Erlebnisse eines Zollhundes

In erster Linie von Zollbeamten, aber auch bei Polizeidienststellen werden Hunde geführt, die auf die Wahrnehmung bestimmter Stoffe geschult sind. Jeder von uns weiß, daß es bei Rauschgift, wie Haschisch, Heroin und vielen der verheerenden Stoffe mehr, häufig Hunde sind, die den illegalen Weg beenden. Die Hunde müssen, um diese unersetzlichen Leistungen erbringen zu können, eine relativ lange Ausbildung über sich ergehen lassen. Sie sind dann natürlich auch entsprechend wertvoll – selbstverständlich ideell, aber auch materiell. In den Zeiten, als noch Genußmittel wie Kaffee und Tabakwaren, aber auch bestimmte Lederwaren und anderes einer scharfen staatlichen Kontrolle unterworfen waren, galt es auch, »Lederhunde«, »Kaffeehunde« usw. auszubilden. Alle diese Hunde in Bayern unterstanden und unterstehen der obersten Polizeibehörde in München und müssen, das gilt z. B. jetzt noch für die Rauschgifthunde, einmal im Jahr tierärztlich untersucht und bei der Zentralstelle vorgestellt werden. Solche Untersuchungen und Gesundheitskontrollen werden von mir noch heute durchgeführt.

Eines Tages – es ist schon viele, viele Jahre her – erschien bei uns ein Zollbeamter, der, selbst total aufgelöst, an einer Leine einen hektisch reagierenden, aufgeregten, völlig verstört erscheinenden Hund führte. Ich fragte ihn, was um Gottes willen passiert sei, denn der Hund sei ja in einem Zustand, der eine akzeptable Untersuchung gar nicht zulasse. Der Beamte erzählte mir, nachdem er sich halbwegs beruhigt hatte, daß der Weg von der Dienststelle in Scharnitz bis zu uns eine einzige Höllenqual für den Hund und für ihn selbst gewesen sei. Als sie den Zug bestiegen hätten, sei in einem Abteil eine Frau gesessen, die ein Kilogramm frischen Röstkaffee in der Tasche gehabt habe. Sofort habe sich der Hund auf die Frau gestürzt. Der Hund sei nämlich als »Kaffee-Spürhund« ausgebildet. Umgehend habe er mit ihm das Abteil verlassen müssen. Endlich am Zielbahnhof angekommen, sei der Hund gleich nach dem Aussteigen laut bellend über den Bahnsteig gerannt, er selber an der Leine hinterher, weil offensichtlich weiter vorne im dichten Getümmel jemand Kaffee bei sich getragen habe. Das Tier könne nichts dafür, es wolle nur seine Pflicht erfüllen. In der Bahnhofshalle freilich sei eine Cafeteria! Der Geruch habe den armen Hund bald um den Verstand gebracht. Dann seien sie durch die Straßen Münchens bis zur Polizeidirektion in der Ettstraße gegangen. Er hätte nie geglaubt, daß an dieser relativ kurzen Strecke so unendlich viele Menschen Kaffee kochen könnten oder Kaffeegeschäfte seien, die Kaffeegeruch verursachten und verströmten, den man bis auf die Straße wahrnehmen könne. Jetzt, nachdem er auf dieser Wegstrecke mit seinem Hund ein gnadenloses Aufsehen erregt habe, wisse er es, und er würde die Strecke nie noch einmal gehen. Nach der Registrierung sei der Zauber auf dem Weg bis zu uns aber noch weitergegangen, und jetzt habe er die Nase voll, nicht vom Kaffee, sondern von all diesen Aufregungen. Er werde lieber Tag und Nacht an seiner Grenze Dienst tun als noch einmal diese Strapaze mit einem übersensiblen Hund auf sich nehmen.

Der Hund hatte sich inzwischen beruhigt, da wir in unserem Umfeld alle möglichen ihn auch interessierenden, aber eben nicht kaffeeähnlichen Gerüche anzubieten hatten. Wir konnten den gänzlich gesunden Hund in Ruhe untersuchen und dann dem Vierbeiner sowie dem ihn führenden Beamten nur einen von Kaffeegeruch freien Heimweg wünschen.

Die Siamkatze blieb Sieger

Wir unternahmen mit einer Gruppe von Freunden eine Besichtigungsfahrt über die Romantische Straße. Nachdem wir uns den historischen Ort Rothenburg ob der Tauber angesehen hatten, kehrten wir durch das südliche Stadttor auf den riesigen Parkplatz zurück. Der kurzgeschorene Rasen der nun, gegen Abend, leeren Parkfläche, die an einer Seite mit einer dichten Dornenhecke begrenzt war, lag vor uns in lichtem, kühlem Grün, das zum warmen Gelb der untergehenden Sonne einen anmutigen Farbkontrast bildete.

Neben mir stand ein befreundetes Ehepaar mit zwei sehr wohlerzogenen Jagdhunden. Diese gehörten der Drahthaarrasse an. Zwei Bilderbuchhunde! Die Besitzerin hatte die Hunde von der Leine gelassen; sie mußten während unserer Stadtbesichtigung im Auto warten und waren jetzt sichtlich froh, sich wieder im Freien bewegen zu dürfen. Plötzlich zeigten sie eine gespannte Unruhe. Als ob sie zum Angriff starten wollten, aber ihre Beute, ihren Gegner noch nicht sicher ausgemacht hätten. Es war ein Bild höchster Konzentration, wie man es schöner nicht erleben kann: Die Köpfe waren parallel in eine Richtung gewandt, sie standen ganz still, die Ohrmuscheln waren nach vorne gedreht, alles an ihnen war fest und voll ruhender Kraft. Gelegentlich hoben sie mal den linken, mal den rechten Vorderfuß – behutsam, sprungbereit. Alle Sinne und jede Faser ihrer Körper schienen auf einen einzigen Punkt gerichtet. Ich bewunderte ihr Gebaren.

In dem Moment, da ich meinen Blick dem ihren folgen ließ, um ihr Ziel auszumachen, schossen sie los in Richtung Mitte des leeren Parkplatzes. Die Besitzerin rief ihre Namen, schrie Befehle, pfiff – nichts half. Sie sausten unbeirrt wie abgeschossene Pfeile. Jetzt erkannte ich einen dunkelbraunen Punkt inmitten der grünen Rasenfläche, der in völliger Stagnation zu verweilen schien. Die Hunde waren dort angekommen und taten sofort das, was Hundeart ist: Sie griffen die erstrebte Beute von zwei Seiten an. Die Hundebesitzerin machte ihrem Entsetzen Luft: »Oh, um Gottes willen, eine Katze! Auweh, da können wir gar nichts machen! Die ist ein Kind des Todes!« Ich lief natürlich sofort hin, konnte gegen diese aggressive Fixierung allerdings nichts ausrichten, zumal alle drei Tiere total taub zu sein schienen.

Aber ich beobachtete das Geschehen aus der Nähe und fand meine innere Ruhe recht schnell wieder, nachdem ich gesehen hatte, daß die dunkelbraune Katze ein wohlgenährter, selbstbewußter, starker Siamkater war, der offensichtlich nur Prügel austeilte, und zwar nach allen Seiten. Sein Gesicht glich dem eines angreifenden, wilden Pumas, nicht dem einer verängstigten Haus- und Schmusekatze. Das Fauchen und Zischen schüchterte die Hunde zusätzlich ein, was diese freilich nicht davon abhielt, immer wieder – mal gemeinsam, mal einzeln – mit lautem Bellen und demonstrativen Imponiergebärden einen Angriff zu starten. Die Katze zog sich schließlich immer stärker zusammen. Sie wurde runder und runder und nahm langsam die Form einer grimmig blickenden, schwarzbraunen Kanonenkugel an. Die blitzenden weißen Zähne und das Herausschnellen mal der einen, mal der anderen Pfote machten unmißverständlich klar, daß die unerschütterliche Einigelungstaktik mit beherzter Angriffsbereitschaft verbunden war. Bei genauem Hinsehen war zu erkennen, daß die Katze sich mit den Hinterbeinen langsam nach hinten zur Dornenhecke wegrobbte, die eine wirksame Rückendeckung zu bieten versprach.

Plötzlich schrie der von vorne angreifende Hund jäh auf und wich sekundenschnell ein paar Meter zurück. Er blutete stark aus einer Lefze. Die Siamkatze hatte fest und unbarmherzig zugeschlagen und ihn mit den Krallen getroffen. Diese Schrecksekunde für die Angreifer nutzte die Katze aus, indem sie sich ein beträchtliches Stück an die Deckung heranstahl. Einen strategisch geschickteren Rückzug kann ich mir unter den Bedingungen der Selbsterhaltung in akuter, lebensbedrohender Notlage nicht vorstellen. Durch die heftig blutende Lefze des einen Aggressors erschien die Szenerie noch viel brutaler. Nicht nur der Hund und der Kampfplatz waren blutig, sondern auch die Katze war vom geifernden, blutdurchsetzten Speichel des Hundes verschmiert.

Zentimeter um Zentimeter vermochte die Katze sich der rettenden Hecke schließlich bis auf Sprungweite zu nähern. Die Hunde bemerkten dies offensichtlich nicht, sie stellten ihre Angriffstaktik jedenfalls nicht darauf ein. Und plötzlich: Eine wilde Angriffsgeste der Katze düpierte die Hunde für Sekundenbruchteile, und schon machte das bedrohte Tier den rettenden, gewaltigen Satz. Hechelnd standen die Hunde vor der für sie viel zu kleinen Lücke im Dornengestrüpp, aus der drohend und siegesgewiß zwei grimmige Katzenaugen blitzten. In größeren Abständen bellten die Hunde noch einige Male; der schon gewonnen geglaubte Kampf war verloren. Die Siamkatze war Überraschungssieger – zu unser aller Erleichterung.

Den Hund mit der blutenden Lefze untersuchte ich nach Beendigung der Feindseligkeiten natürlich sofort.

Die in ihrem sicheren Versteck verharrende Katze nahm ich, so gut es ging, ebenfalls in Augenschein, wobei sie mich drohend fixierte und permanent anfauchte; auch mich hielt sie für einen Aggressor, einen Fremden, der womöglich nichts Gutes im Schilde führt. Soweit ich feststellen konnte, war ihr kein Leid zugefügt worden. Die Gesichtsblessur des Hundes stellte sich als lediglich oberflächliche Verletzung heraus. So war alles doch noch gut beendet worden.

Die Hunde des Wissenschaftlers

Klein war seine Statur, überragend sein Geist. Er saß fast immer hinter seinem Schreibtisch und arbeitete an neuen Büchern, setzte Vorträge auf, korrespondierte mit Fachkollegen und Schülern. Stets äußerte er sich in klugen, wohlgeformten Sätzen. Er war freilich ein Mensch, der im Gespräch lieber zuhörte und mit seinen meist von feinem Humor durchwirkten Kommentaren eher sparsam umging. Gehen konnte er sehr schlecht. Überhaupt war er, obwohl sehr schlank, recht unbeweglich. Seine Umgangsformen waren ausgesprochen höflich und aufmerksam. Seine Hunde hatte er sehr lieb. Er war durch und durch ein großer Tierfreund, welcher der »unbeweinten Kreatur« immer Verständnis und Zuneigung entgegenbrachte.

Zweifellos spürten das seine Hunde, sie hingen stets sehr an ihm. Aber auch seine Nichte, die den Haushalt führte, wurde von den verschiedenen Hunden, die über die Jahre hinweg in diesem Haus ihre Heimat fanden, sehr gemocht. Es waren stets Collies. Da der Wissenschaftler und seine Nichte sehr wenig Zeit hatten und später auch physisch gar nicht mehr in der Lage waren, mit den Collies spazierenzugehen, wurden diese immer von Nachbarn oder Bekannten ausgeführt. Dennoch waren die Hunde mit ihrem Zuhause so verbunden, daß sie beim Heimkommen durch lebhafte Glücksbekundungen so etwas erkennen ließen wie: »Hier bin ich zu Hause, hier lebt mein Herr, hier will ich sein!«

Das Haus des kleinen, alten Mannes mit dem großen

Geist war in Atriumbauweise erstellt und von einem ungleichmäßig geformten Garten umgeben. Auf dem Weg zur Haustür mußte man einige Meter durch diesen Garten gehen. Drinnen zweigte von einem kurzen Garderobenraum rechts ein Flur ab, an dem die Wirtschaftsräume und ein Schlafzimmer lagen. Der Flur mündete am anderen Ende in ein recht geräumiges Wohnzimmer mit Terrasse. Ging man vom Eingang aber geradeaus, kam man in einen größeren Empfangsraum, der zum Innengarten des Atriumhauses ein großes Fenster hatte. Dieser Garten, den die Wohnräume umschlossen, war mit den verschiedensten Grünpflanzen bewachsen. Vom Empfangsraum weiter geradeaus gelangte man in das sehr geräumige Arbeits- und Bibliothekszimmer des kleinen, alten Mannes. Hinter seinem quer in den Raum gestellten großen Schreibtisch war die Tür zu seinem Schlafzimmer. Auf der anderen Seite mündete das Arbeitszimmer in das Wohnzimmer, an das sich wiederum der bereits erwähnte Flur zum Garderobenraum anschloß. Diese Atriumbauweise um den Innengarten herum hatte ein weites Auseinanderliegen der Zimmer und damit relativ große Wegstrecken zur Folge. Dies beschreibe ich so ausführlich, um das ungewöhnliche Verhalten der Hunde deutlicher skizzieren zu können.

Oft saß der Wissenschaftler bis tief in die Nacht an seinem Schreibtisch. Er hinterläßt der Nachwelt einen bedeutenden Schatz an wissenschaftlichen Arbeiten. Während er in seine Forschungen vertieft war, hielt sich sein Hund stets an einem Platz in seiner Nähe auf; der Hund verließ diesen Platz während der Nacht gewöhnlich nicht mehr, auch wenn der kleine, alte Mann längst ins Bett gegangen war.

Eines Nachts, so erzählte der Mann mir damals Wochen später, sei es ihm gesundheitlich gar nicht gut gegangen. Er sei wach geworden, und es habe ihn ein massives Schwindelgefühl überfallen. Er sei nicht in der Lage gewesen, sein Bett zu verlassen, um seine Nichte zu verständigen und sie zu bitten, einen Arzt zu rufen. In einer solch mißlichen Lage bauen sich natürlich auch Ängste auf, und der Zustand verschlimmert sich dann von Sekunde zu Sekunde. Auf einmal habe er wahrgenommen, daß sein Hund neben dem Bett stand, ihn anschaute und seine aus dem Bett hängende Hand beleckte. Als der Hund ein leichtes Stöhnen seines Herrn bemerkt habe, sei er einige Schritte zurück in die Mitte des Schlafzimmers gegangen, den Blick unverwandt auf seinen so jämmerlich im Bett liegenden Herrn gerichtet. Plötzlich aber habe der Hund sich umgedreht, sei in das Arbeitszimmer, durch die Pendeltür ins Eßzimmer und von dort bis vor das Schlafzimmer der Nichte gelaufen und habe hier an der Tür gekratzt und gewinselt, bis er im Zimmer Bewegungen gehört und bemerkt habe, daß sein Weckversuch gelungen war. Als die Nichte die Tür ihres Zimmers geöffnet habe, sei er nicht in Richtung Haustür, sondern ins Eßzimmer gelaufen; dabei habe er ganz ungewöhnliche, helle Bellaute ausgestoßen. Dann sei er wieder zurück zu ihr und nach einer schnellen Kehrtwendung wieder voraus gelaufen, bis sie ihm ins Zimmer ihres Onkels gefolgt sei. Sie habe dann gesehen, warum der Hund sie holte.

Der Arzt wurde sofort gerufen und der kleine, alte Mann medizinisch versorgt. Der Hund legte sich wieder auf sein Lager, auf dem er länger schlief als an gewöhnlichen Tagen. Seine Nachtruhe war verkürzt gewesen, und sein Verhalten glich dem eines Menschen, der ein großes Erfolgsgefühl in sich trägt.

Als der Collie eines Tages in recht hohem Hundealter für immer eingeschlafen war, kam ein Sheltie ins Haus.

Schon nach kurzer Zeit nahm er den Platz ein, der dem vierbeinigen Weggefährten in diesem Haushalt zukam: neben dem Schreibtisch; und bald war auch er der große Liebling des kleinen, alten Mannes mit dem großen Geist. Der Sheltie war wesentlich kleiner als der Collie und hatte ein ausgeprägt lebhaftes Temperament, er bellte, wenn er auch nur das geringste Geräusch draußen hörte, das seine Aufmerksamkeit erregte. Da freilich sehr viel seine Aufmerksamkeit erregte, bellte er auch sehr viel.

Eines Tages ereignete es sich, daß dem Wissenschaftler im Bad, als er gerade seine Morgentoilette beendet hatte, der Rasierpinsel aus der Hand rutschte und auf den Boden fiel. Er bückte sich, um ihn aufzuheben. Dabei rutschte die Badematte, auf der er stand, weg, und er fiel zu Boden – gottlob, ohne sich ernsthaft zu verletzen. Aber er war nicht aus eigener Kraft in der Lage aufzustehen, obwohl er es immer wieder versuchte. Die Versuche verliefen relativ geräuschvoll, sie hörten sich zudem ganz ungewöhnlich an. Darauf wurde natürlich der Sheltie aufmerksam. Er sprang sofort von seinem Lager auf und lief zum Badezimmer. Die Tür stand offen, und er sah seinen Herrn auf dem Boden liegen.

Auf der Stelle kehrte der Hund um, lief die Kellertreppe hinunter – auch die Kelltertür stand Gott sei Dank offen –, er steuerte in Richtung Waschküche, in der die Nichte gerade damit beschäftigt war, die Waschmaschine zu füllen. Der Sheltie kam in seiner ganzen Geschäftigkeit herein, biß in den Saum ihres Rockes und äußerte sich so, als ob er spielen wollte. Er lief einige Schritte zurück und biß wieder in den Rocksaum, bis er recht geschimpft wurde. Nun war bei dem kleinen Unruhegeist die Geduld am Ende. Auf das Schimpfen hin ließ er erst recht nicht mehr von seinem Vorhaben ab: Er zog die Nichte am Rocksaum zur

Treppe, die er dann hinauflief. Plötzlich erschreckte sie der Gedanke: »Da kann ja etwas mit dem Onkel passiert sein!« Ihre Schritte beschleunigten sich, und als sie an der obersten Stufe angelangt war, hörte sie schon die Rufe. Sie half dem kleinen, alten Mann mit dem großen Geist, der so schlecht gehen konnte, beim Aufstehen und befreite ihn aus seiner mißlichen Lage.

Der Sheltie stand in dem kleinen, schmalen Flur, schaute durch die geöffnete Badezimmertür zu, was dort geschah. Sein Ausdruck war zufrieden, der Blick sagte etwa: »Das habe ich ja eigentlich wieder ganz gut gemacht!«

Aber plötzlich hörte er draußen ein Bellen. Er wartete nicht darauf, daß er gelobt oder gestreichelt wurde – spontan drehte er sich um, rannte durch die offene Terrassentür in den Garten, um wieder einmal einen vorbeikommenden Artgenossen schrecklich auszuschimpfen.

Dieses Wort will ich nie mehr hören

Es ist noch nicht lange her, da erschien in meiner Sprechstunde ein Bub von etwa zehn, höchstens zwölf Jahren. Er und seine etwas ältere Schwester trugen einen ziemlich großen Käfig, in dem zwei Beos saßen.

Die Beos gehören zur Familie der Stare. Sie haben jedoch nicht die geringste Ähnlichkeit mit unseren einheimischen Staren. Die beiden im Käfig waren etwa so groß wie kleine Tauben. Sie hatten ein rabenschwarzes Federkleid und einen erstaunlich großen, gelben Schnabel. Ihre kräftigen Füße und Krallen umklammerten fest die Sitzstangen. Beos können sehr gut fliegen; am Boden bewegen sie sich gravitätisch schreitend. Ihre Heimat ist das südliche Asien.

Wir, das heißt meine Frau, die mir stets bei der Arbeit hilft, mein Assistent und ich, achteten zunächst nicht auf die Vögel. Wir betrachteten mit Vergnügen den Jungen, der aussah wie ein irischer Lausbub aus dem Bilderbuch. Er hatte rote Haare, eine freche Stupsnase und lustig funkelnde Augen. Sein Gesicht war über und über mit Sommersprossen bedeckt.

Ich war schon im Begriff, ihn zu fragen: »Stammst du vielleicht aus Irland?«, als er mir in waschechtem Bayerisch erklärte, weshalb er mit seinen Beos zu mir gekommen war.

»Das Weiberl verliert nämlich die Federn. Das ist doch nicht in Ordnung.« Und seine klugen Augen fest auf mich gerichtet, bat er: »Herr Doktor, Sie werden doch herausbringen, was ihr fehlt, und ihr helfen.«

Ich nickte. »Dann laß mich deine Freunde mal ansehen.«

Bereitwillig stellte er den Käfig auf den Behandlungstisch.

Während ich den Buben ausfragte – und ich bekam sehr präzise Antworten –, wie lange das Weibchen schon Federn verliere, wie sich ihr Unbehagen äußere, ob sie das Futter verweigere usw. usw., saß der Beomann unbeweglich auf der oberen Stange und starrte durch das Fenster hinaus in den Garten. Uns würdigte er keines Blicks.

Das Weibchen hockte auf der unteren Stange. Im Gegensatz zu ihm war es unaufhörlich in Bewegung. Es kratzte sich, putzte sich mit dem Schnabel, war unruhig und nervös.

Ich stellte fest, daß die Beodame Milben hatte, und die juckten sie natürlich.

»Sind Milben gefährlich? Kann sie daran sterben?« fragte der Bub ängstlich.

»Bestimmt nicht«, beruhigte ich ihn. »Du mußt sie aber regelmäßig mit dem Mittel behandeln, das ich dir aufschreiben werde.«

»Mach ich, mach ich, genau wie Sie es mir anschaffen«, versicherte er eifrig.

Ich war überzeugt, daß er es auch gewissenhaft tun würde.

Die ganze Zeit über hatte der Beomann, ohne sich zu rühren, auf der Stange gesessen. Ebenso unbeweglich sagte er plötzlich laut und deutlich: »Bussi!«

Meine Frau, der Assistent und ich sahen uns verblüfft an: Hatte wirklich der Vogel gesprochen? Kein Zweifel. Kurz darauf erfolgte ein zweites und ein drittes energisches »Bussi«.

Das Weibchen nahm davon keine Notiz. Es hatte sich von ihrem Gefährten abgewandt und kratzte sich weiter.

»Arschloch!« sagte der Beomann, während er wieder zum Fenster hinausstarrte.

Einen Augenblick glaubten wir drei, uns verhört zu haben, dann brachen wir in schallendes Gelächter aus.

»Sag mal, wer hat ihm denn das beigebracht?« wandte ich mich an den Buben.

»Na ich«, erklärte er stolz. »Er hat es ganz schnell gelernt. Mein Beo ist nämlich sehr gescheit.« Und spitzbübisch fügte er hinzu: »Manche Leute hören das gar nicht gern. Besonders alte Damen. Die gehen dann auf mich los: ›Das häßliche Wort mußt du ihm schnell abgewöhnen.‹«

»Hast du's denn versucht?«

»Ich denke doch nicht daran. Ich finde es einfach klasse, wie er es herausschmettert.«

Wir sollten aber nicht meinen, erklärte er uns, daß die beiden sich nicht mögen. »So dumm benimmt sie sich erst, seit sie krank ist. Darüber ärgert er sich natürlich. Da hab' ich gedacht: Das soll sie nur wissen. Deshalb hab' ich ihm« – kurzes Zögern – »das Wort halt beigebracht.«

»Ich verstehe«, pflichtete ich ihm bei. »Es ist immer gut, wenn man seinem Ärger Luft machen kann.«

Der Bub warf seiner Schwester einen triumphierenden Blick zu, dann schüttelte er mir wie einem Kumpel kräftig die Hand.

Da ich nichts mehr von ihm und seinen Beos gehört habe, nehme ich an, daß das Weiberl keine Milben mehr hat und die Eintracht zwischen den beiden wiederhergestellt ist.

Vergißmeinnicht

Die folgende Begebenheit, die mich lebhaft an das Entgegenkommen unserer freundlichen Kellnerin erinnerte, habe ich zwar nur in der letzten entscheidenden Phase miterlebt. Zum besseren Verständnis will ich sie von Anfang an erzählen, so wie man sie mir berichtet hat.

Ein Bekannter, dessen Hund ich betreute, hatte ein Hobby, das für einen gestandenen und vielbeschäftigten Mann ein wenig ungewöhnlich war. Er fuhr nämlich jede Woche einmal in aller Frühe nach München – etwa eine Stunde mit dem Auto –, um auf dem Viktualienmarkt Obst und Gemüse für die ganze Familie einzukaufen.

Der Münchner Viktualienmarkt am Fuße der Peterskirche ist berühmt, nicht nur weil man dort das zu den verschiedenen Jahreszeiten anfallende Obst und Gemüse frisch und in bester Qualität kaufen kann. Der Anblick allein ist einen Besuch wert, so verlockend appetitlich sind die Auslagen und die Blumenstände, die in allen Farben prangen.

Solche Märkte gibt es auch in anderen Städten. Das Einmalige am Viktualienmarkt sind die Standlfrauen – jede ein Original. Ihr Witz, ihr Humor, ihre Schlagfertigkeit sind schwerlich zu übertreffen.

»Das wöchentliche Einkaufen am Viktualienmarkt läßt er sich nicht nehmen«, sagte mir einmal die Frau meines Bekannten.

»Ich kann Ihren Mann gut verstehen«, erwiderte ich. »Mich würde es auch reizen.« Im stillen beneidete ich ihn sogar ein bißchen, weil er sich die Zeit zu diesen Ausflügen nehmen konnte.

Wie man mir erzählte, kaufte er jedesmal die gleiche Menge – einen großen Korb voll –, und immer bei der gleichen Standlfrau. Dabei ging es nicht etwa steif zu. Sie lachten und scherzten, manchmal feilschten sie auch – nur so zum Spaß – ein bißchen miteinander. Die Frau wußte jedoch nicht, wie ihr Kunde hieß und woher er kam.

Hatte sie alles im Korb verstaut, legte sie stets noch ein Blumensträußchen für die Frau des Hauses obendrauf. Als kluge Geschäftsfrau dachte sie vermutlich: Auch wenn der Mann einkauft, die Frau soll man nicht vergessen.

Eines Tages fand sich unser Freund schon früh gegen 7.30 Uhr an ihrem Stand ein. Wie immer wählte er mit Bedacht und Genuß, bis der Korb randvoll war. Als es ans Bezahlen ging, stellte er fest, daß er die Brieftasche daheim liegengelassen hatte.

Ärgerlich über sich selbst, schimpfte er: »Kruzitürken! Also das ist mir auch noch nicht passiert. Ich hab' kein Geld bei mir. Jetzt muß ich zur Bank gehen. Wann machen denn die hier auf?«

»Um 9 Uhr. Aber darauf brauchen Sie doch nicht zu warten. Ich hab' 300 Mark in der Kasse; die kann ich Ihnen leihen.« Und schon hatte sie die drei Hundertmarkscheine herausgeholt und hielt sie ihm hin.

Froh, daß er seine knapp bemessene Zeit nicht in der Stadt vertrödeln mußte, nahm er die Scheine mit Dank an.

Plötzlich begann er zu lachen. »Jetzt bezahle ich Sie mit Ihrem eigenen Geld. Das kommt nicht alle Tage vor. Außerdem kann ich noch ein paar Besorgungen erledigen.«

Auf den Gedanken, ihr seine Adresse zu geben, kam er nicht. Sie hatte auch nicht danach gefragt. Solche Formalitäten waren zwischen ihnen nicht nötig.

In den darauffolgenden Wochen kaufte unser Freund wie gewohnt ein. Das Geschäft wickelte sich auch jedesmal reibungslos ab. Erst in der vierten Woche änderte sich eine Kleinigkeit. Doch das bemerkte er nicht.

Daheim stellte er den gefüllten Korb in der Küche ab. Das Ausräumen und Einlagern war Sache seiner Frau. Sie wunderte sich nicht wenig, als statt frischer Blumen ein verwelktes Sträußchen Vergißmeinnicht obenauf lag. Ein solcher Mißgriff sah der Standlfrau gar nicht ähnlich. War es Absicht? Wohl kaum, überlegte sie. Oder doch? Plötzlich fiel ihr die vergessene Brieftasche ein.

An diesem Morgen hatte ich einiges mit meinem Bekannten zu besprechen. Wir hatten gerade im Wohnzimmer Platz genommen, als seine Frau hereinkam, das verwelkte Sträußchen Vergißmeinnicht in der Hand.

»Sag mal, hast du der Frau eigentlich die 300 Mark zurückgegeben, die sie dir vor etwa einem Monat geliehen hat?«

Ehrlich erschrocken gestand er: »Du lieber Himmel, das habe ich glatt vergessen.«

Seine Frau hielt ihm das verwelkte Sträußchen hin: »Aber sie nicht.«

»Gleich nachher fahre ich noch mal in die Stadt und bringe ihr das Geld«, beschloß er.

Gegen Abend traf ich ihn zufällig auf der Straße. Neugierig erkundigte ich mich: »Na, was hat denn Ihre Freundin gesagt?«

»Deshalb hätten Sie doch nicht extra zu kommen brauchen.« Die Mahnung hatte sie mit keinem Wort erwähnt. Bei seinen Einkäufen lag aber nun wieder ein frisches Blumensträußchen auf dem Korb.

Auf dem Heimweg dachte er noch über den originellen Einfall nach, einen Kunden durch die Blume an seine

Schuld zu erinnern. Aber ich wunderte mich nicht. Die Standlfrauen vom Viktualienmarkt sind für ihre unnachahmliche Art bekannt, geschätzte Kunden zu erhalten und nörgelnden das Wiederkommen zu verleiden.

Und da mein Bekannter zu ihren guten Kunden gehörte, hätte die Frau nie zu ihm gesagt: »Mein Herr, Sie schulden mir noch 300 Mark.« Als es ihr jedoch an der Zeit schien, sich zu rühren, hatte sie ihre Mahnung in eine Form gekleidet, die ihn amüsieren, aber ja nicht vergrämen sollte.

Unangenehme, mäkelnde Kunden hingegen haben ihre spitzen Zungen zu fürchten. Diese Erfahrung machte auch eine etwas arrogante Dame. Zur Zeit der Martinsgänse hatte sie sich so recht von oben herab nach dem Preis erkundigt. Schon ihre hochnäsige Art hatte die Standlfrau geärgert, noch mehr aber, daß die Kundin die Gänse betastete, ob sie auch fest im Fleisch seien. Das Betasten genügte der Dame aber noch nicht, schließlich hob sie eine Gans auf und roch an ihrer Rückseite.

»Puh, die riecht aber gar nicht gut.« Das war zuviel für die Standlfrau. Energisch nahm sie der Dame die Gans aus der Hand und legte sie an ihren Platz zurück.

»An der Stell werden Sie a net besser riechen«, sagte sie. »Und damit Sie's wissen: Meine Ganserln san jung und frisch.«

Die Dame lief rot an. Unter dem schadenfrohen Gelächter der Umstehenden verschwand sie schleunigst.

Zufrieden sah ihr die Standlfrau nach: »So, die kommt net wieder.«

Die Münchner sind stolz auf ihre Standlfrauen und fest davon überzeugt, daß es solche Originale nur in ihrer Stadt gibt.

Komm, Miezerl, mach's Scheißerle

Wie fast immer war auch an jenem Morgen der Warteraum unserer Klinik schon zu Beginn der Sprechstunde bis auf den letzten Platz besetzt. Als ich den ersten Patienten in den Behandlungsraum rufen wollte, eilte eine kleine, rundliche Frau mittleren Alters auf mich zu.

»Bitt schön, Herr Doktor, nehmen's mir doch mein Katzerl ab. Sie fürcht sich so vor die vielen Hund hier, und i wart schon so vui lang.«

»Was fehlt denn Ihrer Katze?«

»Wissen's, allweil bringts mir Junge daher, aber i kann die Kloanen beim besten Willen net umbringen. Und a guts Platzerl findst a net für alle. Da hab i mir denkt, das beste wird sein, ihr sterilisiert mir mei Miezerl.«

Ihrem guten, sympathischen, aber jetzt recht kummervollen Gesicht war anzusehen, daß ihr dieser Entschluß nicht leichtgefallen war.

Ich bat sie ins Behandlungszimmer. Dort stellte sie behutsam ihren Korb ab, in dem eine hübsche rot-weiß gestreifte Katze auf einem Kissen saß. Die fürsorgliche Frau hatte sie noch mit einer leichten Wolldecke zugedeckt.

Ich bat den Pfleger, einen der hölzernen Käfige zu holen, in denen wir die Katzen während des Klinikaufenthaltes unterbringen. Die Rotweiße ließ sich auch willig von ihrer Besitzerin hineinsetzen. Nachdem sie zärtlich von ihr Abschied genommen hatte, mußte ich ihr noch einmal versichern, daß die Katze gewiß keine Schmerzen haben werde.

»Wann werden Sie's denn operieren?«

»Heute nachmittag.«

»Und wann kann i mi erkundigen, wie's ihr geht?«

»Rufen Sie morgen vormittag an«, riet ich ihr.

»Mach i.« Doch ehe sie draußen war, drehte sie sich noch einmal um. »Paßt mir ja gut auf mei Katzerl auf«, bat sie besorgt. »Ich bring euch auch was mit. A Gmüas mögts doch?« Die Frau betrieb einen Gemüsestand am Viktualienmarkt.

Der Eingriff verlief programmgemäß. Die kleine Katze wachte ohne ungute Nebenerscheinungen zur rechten Zeit aus der Narkose auf.

Am nächsten Tag rief die Besitzerin schon in aller Frühe an.

»Is alles gutgangen?« fragte sie ängstlich.

Als ich ihr versicherte, daß ihr Liebling in bester Verfassung sei, stieß sie einen Seufzer der Erleichterung aus. »Mei, bin i froh!« Und gleich darauf: »Dann brauchts also nix mehr mit ihr zu machen?«

»Höchstens noch einen Einlauf, falls sie bis morgen kein großes Geschäft gemacht hat.«

»Na, na, das dürfts net!« protestierte die Frau heftig. »Des is a net notwendig. Sagen's, Herr Doktor, habts Ihr a Klo mit an Wasserkasten und an Kettenzug?«

Ich erklärte ihr, daß wir ein solches Klo hätten. »Aber was hat das mit Ihrer Katze zu tun?«

»Da werden's staunen, Herr Doktor. Auf an solchen Klo macht mein Miezerl ihr Geschäft ganz von alloa. Warten's bitt schön bis morgen, da kimm i naus und zeig Eahne, wie's geht.«

Ich konnte mir das zwar nicht recht vorstellen, versicherte der Frau aber, daß wir bis morgen nichts unternehmen würden.

Am Nachmittag des nächsten Tages fand sich die Katzenmutter wie verabredet bei uns ein, um ihren Liebling nach der Eierstockentfernung zum ersten Stuhlgang zu begleiten.

Rührend anzusehen war es, wie die beiden sich freuten, einander wiederzuhaben. Die Frau öffnete den Käfig, und die Katze sprang ihr sofort – zwar noch ein wenig mühsam und gewiß nicht so elegant wie sonst – auf die Schulter. Glücklich miauend strich sie mit welligen Körperbewegungen, die bis zum Schwanzende ausliefen, ihrer strahlenden Besitzerin um den Hals. Es war wie eine zärtliche Umarmung.

Nachdem der Wiedersehensfreude Genüge getan war, meinte die Frau: »So, Herr Doktor, jetzt zeigen's uns mal Ihr Klo.«

Gespannt, was sich nun ereignen würde, führte ich sie, die Katze noch immer auf ihrem Nacken, zu der kleinen Toilette.

Die Frau unterzog sie einer genauen Prüfung und probierte auch, ob der Kettenzug leicht zu bedienen sei.

»In Ordnung«, sagte sie befriedigt. Dann wandte sie sich nach ihrer Katze um und forderte sie mit schmeichelnder Stimme auf: »Komm, Miezerl, mach's Scheißerle!«

Ich traute meinen Augen nicht: Gehorsam kletterte die Katze an ihr herunter, sprang auf die Toilettenbrille und nahm die für ihre Verrichtung notwendige Hockstellung ein. Nachdem sie ihr Geschäft erledigt hatte, sprang sie mit einem Satz an die Kette, und die Wasserspülung lief.

Ich war sprachlos vor Staunen.

Mit hocherhobenem Kopf und steil aufgerichtetem Schwanz verließ die Katze das Klo. Ihre Haltung drückte unverkennbar Stolz auf ihre Leistung aus.

Nicht minder stolz fragte die gute Standlfrau: »Na, Herr

Doktor, was sagen's jetzt? Is mei Miezerl net a Prachtexemplar?«

»Ein ganz seltenes sogar.«

Ich versicherte ihr, daß ich ein ähnliches Kunststück noch nie von einer Katze gesehen hatte.

Glückstrahlend, daß alles so gut verlaufen war und daß sie ihre Katze mit heimnehmen konnte, setzte die Frau sie in den Korb und deckte sie wieder sorgfältig zu.

Bevor sie ging, drückte sie mir heftig die Hand. »Das vergiß i Eahne nie, Herr Doktor, daß Sie mei Miezerl so gut operiert ham.«

Sie hatte auch das »Gemüas« nicht vergessen. Nach der Sprechstunde entdeckten wir es in einer Ecke des Flurs.

Wiedergesehen haben wir die beiden nicht, aber oft an sie gedacht und ihnen gewünscht, daß sie noch recht lange gesund beisammen sein können.

Der Hund von Ramon

Es ist eine traumhafte Gegend um diesen Stausee in der Provinz Teruel, der einige Kilometer westlich des Ebroflusses in Nordspanien liegt. Dieser See, in dessen Wasserspiegelung sich die Wolkenbilder des Himmels mit dem Grün und dem Graubraun der teils stark bewaldeten, teils felsig kargen Nordhänge des gegenüberliegenden Ufers zu einer seltenen Farbkomposition mischen, ist relativ groß, so daß man sowohl segeln, rudern oder surfen als auch ausgiebig in seinem stets angenehm kühlen Wasser schwimmen und sich erfrischen kann. Nach Norden zu engen Felsvorsprünge den See ein. An der engsten Stelle schließt eine Staumauer den See ab.

Die ganze Anlage wird vom Staumeister Ramon gehütet, einem Spanier mit Leib und Seele, der seine Pflicht mit Ernst und Stolz erfüllt. Er ist von massiver Statur, seine Stimme ist tief, und sein Auftreten hat Züge torerohaften Imponierverhaltens, wenn er sein bei der Staumauer gelegenes Haus verläßt, um einen Neuankömmling aufzuhalten, zu betrachten und gewissermaßen zu prüfen, ob er es wert ist, daß er in Ramons schutzbefohlenen Bereich eindringen darf. Ramon ist Staumeister, Wasserkontrolleur, Naturschützer – besser gesagt: Naturbeauftragter –, Polizist und Jagdaufseher in einem, kurzum, er ist eine weithin respekteinflößende Persönlichkeit.

Am flacheren Südufer des Sees stehen in lockerer Anordnung mehrere Häuser, die nur im Sommer bewohnt sind. So ein Haus konnten wir mieten, um hier unseren

Urlaub zu verleben. Diese hübschen und sehr geschmackvoll eingerichteten Häuser hatten damals noch keinen Stromanschluß, und das Wasser kam aus einem hoch gelegenen Syphon, der von Zeit zu Zeit mittels einer starken Pumpe mit Wasser aus dem See gespeist wurde. In den sternenklaren Nächten des spanischen Sommers waren die Häuser und Terrassen meistens von Kerzen erhellt, was dem Ganzen eine überaus romantische Atmosphäre verlieh. Zwanglos traf man sich dann auf irgendeiner Terrasse, erzählte und trank den herben spanischen Rotwein.

Der Weg zum benachbarten Ort Valderobres war nicht nur steinig, sondern auch für die Autos und vor allem deren Ölwannen ziemlich riskant. So passierte es mir eines Tages, daß einer der großen, scharfen Steine meiner Motorölwanne den Garaus machte. Ich suchte sofort eine Werkstatt, um den Schaden beheben zu lassen. Mit Nachbarhilfe wurde ich schnell fündig. In zwei Stunden war die Ölwanne zu einem Spottpreis repariert. Der Meister entschuldigte sich noch, daß er das alte Motoröl ablassen und durch neues ersetzen mußte. Jetzt kam ich mir nicht nur vor wie in einem anderen Land, sondern wie auf einem anderen Stern. Am Abend wurde der glimpfliche Ausgang der Havarie in großer Runde gefeiert.

Früh am nächsten Morgen kam mein Nachbar und Freund, der mir geholfen hatte, den Mechaniker ausfindig zu machen, ziemlich aufgeregt zu mir und erzählte, daß der Hund von Ramon mit einer schweren Verletzung von einer nächtlichen Exkursion zurückgekehrt sei. Er müsse wohl mit einem Eber – hier gibt es reichlich Schwarzwild – eine heftige Auseinandersetzung gehabt haben. Ob ich mir den armen Hund wohl einmal anschauen möchte? Denn Hunde würden hier von den Tierärzten nicht behandelt, und wenn die Verletzung unheilbar sei, müsse man ihm wohl den Gnadenschuß geben. Diese Aussicht entsprach nun überhaupt nicht meiner Vorstellung von der Versorgung eines schwerverletzten, leidenden Lebewesens. Ich stand sofort auf und fuhr mit dem Freund zur Staumauer, wo wir den Verletzten in der Garage vorfanden. Mit einer großen Fleischwunde an Schulterblatt und oberem Vorderlauf lag er in seinem Korb. Ramon war durch unser Reden in dem hallenartigen Garagenbau auf uns aufmerksam geworden und gesellte sich zu uns.

Nachdem ich den Patienten eingehend untersucht und festgestellt hatte, daß die tiefe Muskelwunde ohne Nerven- und Knochenschädigung war, entschied ich, ihn auf unsere Terrasse zu bringen. Ich wollte versuchen, ihn dort zu versorgen. Für unseren eigenen Hund hatte ich zwar Narkosemittel, Weckmittel und einige Lokalanästhetikum-Spritzen sowie Injektionsnadeln und noch ein paar chirurgische Utensilien dabei, aber keinerlei Instrumentarium zur Versorgung einer so großen Wunde. Auf der Fahrt von der Staumauer zu unserem Haus überlegte ich, was an Werkzeug, Naht- und Verbandmaterial vorhanden und brauchbar sei: Einen Verbandkasten und Desinfektionsmittel hatte ich im Auto, ebenso eine Kombizange; ein Rasierapparat, ein ganzes Paket Klingen sowie Antibiotika und auch Medikamente für Injektionen befanden sich in unserem Reisegepäck. Dann fiel mir ein, daß ich in unserem Haus eine dünne, säuberlich aufgespulte Angelschnur entdeckt hatte; zwei Pinzetten aus dem Necessaire meiner Frau waren da, aber keine Nadel zum Nähen . . .

Wir waren inzwischen am Haus angekommen, und ich erzählte meiner Frau im Detail, was geschehen war und was ich nun vorhatte. »Ich hab' Nähnadeln in verschiedenen Stärken dabei«, meinte sie dann, »ich weiß natürlich nicht, ob du die brauchen kannst.« Natürlich konnte ich sie brauchen! Sofort wurde alles zusammengesucht und in einen Kochtopf mit Wasser gelegt, und die Sterilisierung der mannigfach anderweitig eingesetzt gewesenen Geräte begann.

Inzwischen hatten mein Freund und Ramon den Eßtisch auf die Terrasse geschoben und den verletzten Hund daraufgesetzt. Mit einem Hosengummi wurde der gesunde Vorderfuß gestaut, und ich konnte die erste Narkosedosis in die Vene spritzen. Ganz langsam legte sich der Hund hin und schlief tief ein. Meine Frau hatte inzwischen alles, was an geeignetem Material und Instrumentarium zur Verfügung stand, hergerichtet, und wir rasierten und desinfizierten die Umgebung der Wunde. Als Skalpell diente eine desinfizierte und in kochendem Wasser sterilisierte Rasierklinge. Himmelangst wurde mir, wenn ich nur daran dachte, daß ich eines der großen Gefäße erwischen könnte. Denn so etwas wie eine Arterienklemme hatten wir nicht. Aber es ging alles gut. Die Tupfer aus dem Verbandkasten reichten gerade aus.

Nachdem die Wunde gereinigt und angefrischt war, wurde genäht. Die Angelschnur-»Fäden« mußten so gesetzt werden, daß sie einerseits nach der Heilung der Wunde problemlos wieder gezogen werden konnten und andererseits das zerrissene Gewebe ohne Hohlraum aneinanderfügten, was bei der Starrheit dieses Nahtmaterials recht schwer zu verwirklichen schien. Die rettende Idee war, eine sogenannte Achternaht zu legen; man sticht dabei an einer Wundseite durch die Haut, führt auf der Gegenseite die Nadel durch den Muskel, erfaßt dann wiederum die Muskulatur der einen Seite und führt die Nadel schließlich durch die Unterhaut und Haut der Gegenseite. So entsteht eine Faden-Acht, die Muskulatur und Haut stabil aneinanderfügt und über der Haut verknüpft wird.

Zehn oder zwölf solcher Nähte mußte ich legen, um die Wunde zu verschließen.

Unter großen Anstrengungen gelang die operative Versorgung alles in allem gut. Dem Patienten spritzte ich noch drei Tage ein Antibiotikum, denn für die Sterilität bei dieser Notoperation konnte ich nicht garantieren.

Die ganze Behandlung blieb zunächst ohne besondere Beachtung von seiten Ramons. Als ich allerdings mit dem intravenös verabreichten Aufwachmittel den todgeweiht scheinenden Hund tatsächlich aufwecken konnte und dieser vor den Augen des Ramon nur mit Mühe daran zu hindern war, vom Tisch zu hüpfen, da war ich nahe daran, für einen guten Zauberer gehalten zu werden. Jedenfalls war das Verhältnis zwischen Ramon und mir von diesem Augenblick an herzlich und verbindlich.

Als ich die Angelschnur-»Fäden« nach zehn Tagen gezogen hatte, die Wunde tatsächlich geheilt war und sein geliebter Jagdgefährte wieder laufen konnte, zeigte mir der ansonsten eher distanzierte Ramon seinen Dank und seine Freude in einem Überschwang, wie er nur mit südländischem Temperament möglich ist.

Eine unerwartet freudige Überraschung

Das Telefon läutete einmal wieder in einer Schrillheit, die ich kaum ertragen konnte. Es war laut gestellt, was mich ärgerte. Wer war das wieder, der da an dem Rädchen seitlich am Apparat gespielt hatte? Vielleicht ich selbst? Jedenfalls nahm ich den Hörer ab. Auf der anderen Seite meldete sich die Stimme eines Bauern aus einem Nachbarort, der in einem kleinen Nebenhaus seines Hofs erst seit kurzer Zeit einen Stall mit drei Reitpferden betrieb. Ohne sich namentlich zu erkennen zu geben, begann er seine Rede: »Können Sie gleich kommen, Herr Doktor? Wir haben schon wieder eine Kolik!« Man muß wissen, daß eines der drei Pferde so alle zehn bis vierzehn Tage eine Krampfkolik zeigte, die wir jeweils mit Erfolg behandeln konnten. Das Pferd war ein »Kopper«, das heißt, es saugte immer durch den Schlund Luft an und füllte seinen Magen damit auf; so kam es zu diesen Kolikerscheinungen. Natürlich dachte ich sofort an diesen Rappen – daß er also schon wieder seine typischen Erscheinungen zeigen würde. Da es bei der Behandlung von Koliken des Pferdes immer wichtig ist, möglichst schnell zu Hilfe zu kommen, weil zum einen die Pferde unter diesen schmerzhaften Zuständen erheblich leiden und sich zum anderen das Krankheitsbild relativ schnell verschlimmern kann, saß ich nach kurzer Zeit im Wagen und fuhr in den Nachbarort. Zehn oder fünfzehn Minuten später kam ich auf dem Hof an.

Vor der Stalltür stand eine Dame – es war die Pferdebesitzerin –, schaute mich an und sagte: »Ja, da staunen Sie,

Herr Doktor, dieses Mal ist es die Dunja, die kolikt. Ich möchte wissen, wo das herkommt! Meinen Sie wohl, daß der Bauer falsch füttert? Der hat ja doch keinerlei Erfahrung im Umgang mit Pferden, und ich kann nicht immer kontrollieren, was da in die Mägen unserer Tiere gelangt.« Sie sagte das sehr leise zu mir, denn sie wollte mit ihren verdächtigenden Fragen den Stallbesitzer nicht kränken oder verärgern. Ich antwortete, während ich meine Utensilien aus meinem Auto holte: »Warten wir mal ab, bis ich das Pferd untersucht habe! Vielleicht finden wir dann die Erklärung und eventuell auch eine Antwort auf das Woher.«

Das äußere Erscheinungsbild der Stute zeigte wie auch bei dem so häufig aufgegasten Rappwallach nebenan einen relativ dicken, festen Bauch. Die Unruheerscheinungen hielten sich in ihrer Stärke in Grenzen, die üblichen Untersuchungsergebnisse, wie Körpertemperatur, Atmung, Puls, Herztätigkeit und viele Parameter mehr, wichen nicht von den Normalwerten ab. Also wandte ich mich zur Pferdebesitzerin und sagte ihr: »Ich werde Ihre Dunja jetzt einmal rektal untersuchen. Besorgen Sie mir bitte etwas warmes Wasser, Handtuch und Seife.« Sofort entschwand sie und kehrte nach wenigen Minuten mit dem Gewünschten zurück. Inzwischen hatte ich mir Jacke und Hemd ausgezogen und die Stricke zum Ausbinden, das heißt zum Fixieren der Hinterbeine, hergerichtet. Wenn wir Pferde rektal untersuchen, müssen wir sie ausbinden – nicht weil sie bösartig sind, sondern weil sie erschrecken und durch Ausschlagen den untersuchenden Tierarzt erheblich verletzen könnten. Ich habe einen Kollegen kennengelernt, dem sein eigenes gutartiges Pferd bei einer solchen Kolikuntersuchung die knöcherne Schädeldecke durch einen Schlag zertrümmert hatte; der Defekt ist mit einer Platte verschlossen worden, was infolge Temperaturausgleichsstörungen zu permanentem Kopfweh führte.

Ich fesselte also die Hinterbeine der sich sehr brav verhaltenden Schimmelstute und führte die Untersuchung der Bauchhöhle vom Enddarm her aus. Während dieser Prozedur versuchte ich meine mimische Muskulatur zu beherrschen und nicht zu lachen und kein Wort zu reden; als ich fertig war, gab ich als Ergebnis bekannt: Die »Kolik« werde innerhalb der nächsten 24 Stunden, auf vier Beinen stehend, bei der Mutterstute trinken! Das Pferd war hochträchtig und kurz vor der Geburt.

»Das ist nicht möglich«, sagte mir die Besitzerin der Stute. »Diese Stute habe ich ja nur deshalb kaufen können, weil sie nicht aufgenommen hat. Die ist weiß Gott wie untersucht und behandelt worden, damit sie ein Fohlen bekäme. Selbst der Hengst Ramses, ein auserwählter Zuchthengst, hat sie nicht belegen können. Ein Fohlen von dieser Stute mit dem Hengst Ramses muß ja ein Vermögen darstellen.«

»Sie ist aber trächtig«, war meine Antwort, »welcher Hengst sie gedeckt hat, kann ich nicht sagen.« Das Fohlen wurde mühelos und ohne tierärztliche Hilfe in der nächsten Nacht geboren.

Nun ging es daran, die Vaterschaft zu ergründen; Blutproben und Gutachten wurden eingeholt und noch viele andere Nachforschungen angestellt. Bei dieser fast kriminalistischen Aufklärungsarbeit fanden wir heraus, daß zu der Zeit, als die Stute wieder einmal zu einer Spezialuntersuchung von irgendeinem Vorbesitzer in das Gestüt gebracht worden war, in dem auch der berühmte Hengst Ramses stand, beide Tiere für einen Tag auf einer gemeinsamen Koppel gehalten worden waren. Zurückgerechnet war das genau der 335. Tag – so lange ist die Tragzeit des

Pferdes. Jetzt waren wir am Ziel. Das Fohlen war ein Ramses-Abkömmling! Als diese Erkenntnis durchsickerte, gab es, wie zu erwarten, Forderungen durch den Vorbesitzer, die aber ins Leere gingen. In mehreren Prozessen wurden endgültig die Besitzansprüche und die anderen damit zusammenhängenden Rechtsfragen geklärt.

Das Fohlen ist ein wunderschönes und liebes Reitpferd mit hervorragenden Anlagen geworden, das bis heute dieselbe Besitzerin behalten hat und sich auf oberbayerischen Wiesen seines Lebens freut.

Er hatte sicher mehr als 0,8 Promille

Schon oft sind bekanntlich abendliche Gartenfeste im wahrsten Sinne des Wortes ins Wasser gefallen. Weil Regen, Wind und Gewitter unmittelbar dazu zwingen oder weil es draußen, insbesondere in Gebirgsnähe, danach oft sehr kühl ist, findet dann normalerweise »die Veranstaltung im Saale statt«. Ich habe mich schon gefragt, warum wir alle aber immer wieder hartnäckig versuchen, die Party doch im Garten abzuhalten. Der Eindruck blühender Vegetation und der Wunsch, mit Freunden in der schönen Natur zu plaudern, zu essen, zu trinken und das Losgelöstsein von Belastendem unter freiem Himmel zu erfahren, sind offensichtlich immer wieder die Triebfedern.

An jenem Abend war bei Freunden alles darauf ausgerichtet, ein Gartenfest zu feiern, als gegen 18.30 Uhr – eine Stunde vor dem Fest – dunkle Wolken aufzogen und von Westen her ein dumpfes Grollen zu hören war. Das Gewitter kam, es goß in Strömen, es blitzte, es donnerte. Und es wurde kalt. Die Gastgeber hatten in guter Kenntnis unserer Wetterverhältnisse eine Segeltuch-Überdachung über ihre großflächige Terrasse gespannt und darunter Tische, Stühle, Heizstrahler etc. und ganz am Rand ein Bierfaß bereitgestellt. Zweifellos war die hereinwehende Kühle ausschließlich für das Bier von Vorteil.

Wie immer, wenn wir auf eine Einladung gehen wollen und es Zeit ist, sich auf den Weg zu machen, ist in der Praxis ausgerechnet dann noch irgendwas Besonderes, Unvorhergesehenes zu tun. So auch an diesem Abend: Es war eine Geburt zu betreuen und anschließend noch eine Kolik zu behandeln, und wir kamen wie üblich zu spät. Ich habe schon lange das Gefühl, uns geht der Ruf des ewigen Zuspätkommens voraus; dabei sind meine Frau und ich eigentlich bemüht, pünktlich zu sein. Wir kamen also geraume Zeit, nachdem das Gartenfest begonnen hatte, hin und bekamen noch einen Platz direkt neben dem Bierfaß.

Die Gastgeber besaßen einen Boxerhund namens Whiskey. Dieser begrüßte uns, als er meine Stimme gehört hatte, mit der ihm eigenen Überschwenglichkeit. Boxer sind halt unglaublich freundliche und nette Hunde. Er sprang an mir hoch, schniefte laut und wackelte mit seinem Stummelschwänzchen so stark, daß das ganze Hinterteil mitwedelte. Er war ein goldiger Hund, dieser Boxer! Wir setzten uns an unseren Tisch. Whiskey kam mit uns und legte sich zu meinen Füßen.

Vor seiner Nase befand sich just jenes Kaminblech, welches das aus dem Zapfhahn tropfende und beim Einschenken überlaufende Bier auffing. Jedesmal wenn einer der Gäste kam, um seinen Krug zu füllen, ging etwas Bier über den Krugrand und aus dem Hahn auf das Blech und bildete eine kleine Lache. Plötzlich entdeckte Whiskey, daß Bier auch für einen Hund ein nicht zu verachtendes Getränk sei; er schnupperte zuerst, und nach kurzer Zeit schleckte er das Bier-»Lackerl« vom Blech. Nach einigen Malen war er vollends auf den Geschmack gekommen, und er begnügte sich nicht mehr damit, darauf zu warten, daß beim Einschenken ein bißchen Bier auf das Kaminblech lief. Whiskey fand heraus, daß das Bier erstens frisch kommt und zweitens der Tropfen stetig fließt, wenn er an der Mündung des Zapfhahnes schleckt. Diese »Entdekkung« konnte ich sehr genau beobachten. Ich hielt mich aber bewußt zurück und – wie ich gestehen muß – den Hund nicht ab, weil es ihm gut gefiel, das zu tun, und es mir gut gefiel, ihm zuzuschauen; an meine hygienischen Vorstellungen durfte ich allerdings nicht denken.

Whiskey trank ungestört mit großer Freude und ziemlicher Ausdauer, bis er nach einem recht stattlichen Bierkonsum – ich wollte einem weitergehenden Besäufnis gerade Einhalt gebieten – es vorzog, durch die inzwischen tanzenden Gäste wankend, aber immerhin noch sehr zielstrebig, seinen Korb bei der Garderobe aufzusuchen und dort in einen tiefen, rauschigen Schlaf zu fallen. Er schnarchte, wie nur ein Boxer zu schnarchen in der Lage ist, so daß man ihn bis weit in die Festgesellschaft hinein hören konnte. Die Unterhaltung und die Musik waren nun aber so angeregt und laut, daß andere Gäste dieses Schnarchen nicht wahrnahmen. Nur ich lauschte immer wieder und amüsierte mich ebenso still wie köstlich.

Als wir uns weit nach Mitternacht von unseren Gastgebern verabschieden wollten, bat mich die Frau des Hauses, einmal nach dem Hund zu schauen: Er stehe sonst doch immer auf, wenn jemand das Haus verlasse, und schnuppere noch mal an dessen Mantel oder Jacke. Jetzt lasse er sich aber überhaupt nicht stören, so tief schlafe er; man sehe das dunkle Rot der Bindehaut seiner Augen, und er schaue so komisch aus.

Ich beugte mich über den Hund, hob seinen Kopf. Er blickte mich nicht an. Er schlief tief und war nicht zu wekken. Um ganz sicherzugehen und nichts zu übersehen, ging ich hinaus zum Auto, holte meine Tasche und untersuchte ihn gründlich vom Kopf bis zu den Pfoten, ich tastete ihn ab, horchte ihn ab, maß Fieber ... – Nachdem ich keine weiteren Besonderheiten hatte feststellen können, stand ich auf und sagte der Besitzerin, sie solle sich keine Sorgen machen, ihr Hund habe lediglich einen über den Durst getrunken. Ich erzählte den verdutzten Gastgebern dann, was ich beobachtet hatte und daß ihr Whiskey im Lauf des Abends sicherlich einige »Halbe vom Faß« konsumiert habe.

Später erfuhr ich, daß er noch am nächsten Tag »sehr arm« gewesen sei und »überhaupt keine gute Laune« gehabt habe; erst nach 48 Stunden sei er wieder der alte Hund gewesen.

Tierärztliche Ferientätigkeit

So ganz einverstanden waren unsere drei Söhne nicht, daß wir den Urlaub in ägäischer Einsamkeit gerade in die Zeit der weltweit beachteten sportlichen Veranstaltungen gelegt hatten, die noch dazu vor unserer Tür abgehalten wurden. Nur die Aussicht, im Ägäischen Meer auch tauchen zu können, konnte sie ein wenig versöhnen. Völlig ungewöhnlich war schon die Packerei abgelaufen: Normalerweise wurde das Auto vollgepackt, diesmal aber mußte alles sorgfältig in Koffern verstaut werden, und dabei waren auch noch die Vorschriften der Fluggesellschaften einzuhalten. Wir schnürten natürlich auch unsere Ränzlein, die wir als Handgepäck mit in die Maschine zu nehmen gedachten. Das führte auch zu ersten Überraschungen.

Als auf dem Flughafen in Athen das Handgepäck unseres zweiten Sohnes kontrolliert wurde, fand die Zollbeamtin in der »adidas«-Tasche das feststehende Messer, mit dem er »Haifische töten« wollte; er war damals dreizehn Jahre alt. Es gab ein irres Theater auf dem Flughafen, in das ich mich sofort einschaltete, indem ich erklärte, daß dem Buben die ganze Urlaubsfreude zerstört würde, wenn sie das Messer konfiszieren müßten. Es müsse doch bestimmt eine Möglichkeit geben, in einem Flugzeug so ein Ding gesondert zu befördern. Nach Rücksprache mit der Flughafenleitung und dem Kapitän wurde das Messer im Cockpit der Maschine verstaut und unserem Sohn am Zielflughafen in Volos wieder ausgehändigt. Höchstpersönlich brachte es der Flugkapitän an den Ausgang.

Der ganze Flughafen setzte sich aus einer Start- und einer Landepiste, die hinaus auf den Golf von Volos wiesen, einigen Tanks und der Abfertigungsbaracke zusammen. Das alles war mit Stacheldraht eingezäunt und von Soldaten bewacht. Wir nahmen eine der drei Taxen, die an der Abfertigungsbaracke standen. Nachdem unser Gepäck im Kofferraum und auf dem Dachgepäckträger des Autos durch den sehr eifrigen und freudigen Taxichauffeur verstaut und festgezurrt worden war, bestiegen wir das etwas vorsintflutliche Gefährt. Dem Taxifahrer nannte ich unseren Zielort. Er machte ein recht zweifelndes Gesicht, als er der bevorstehenden Strecke von etwa 65 Kilometern gewahr wurde, was ich als Bedenken um die Haltbarkeit seines Wagens deutete. Weit gefehlt! Seine sichtliche Skepsis wurzelte in der Frage, ob der Treibstoff für die Hin- und Rückfahrt reichen werde. Er fuhr also zur nächsten Zapfsäule, tankte seinen fast leeren Tank auf und ließ mich durch mir gänzlich unverständliche Worte, aber sehr überzeugende Gebärden wissen, daß ich die Rechnung begleichen solle und er mir den Betrag dann vom Fahrpreis abziehen werde. Nun ging die Fahrt durch Außenbezirke der Stadt Volos in Richtung Osten, den Pelion hinauf. Die Straße war schlecht und sehr kurvenreich. Einige Male legte sich das Auto so scharf hinein – alle Kurven wurden natürlich in großer Manier angefahren und dann geschnitten –, daß ich doch um unser Gepäck auf dem Dach etwas bangte, zumal die hinteren Scheiben des Wagens so schmutzig waren, daß wir gar nicht hindurchsehen konnten und es nie erfahren hätten, wenn wir gerade im Begriff gewesen wären, Gepäckstücke zu verlieren.

Es war ein wirklich unfaßbarer Eindruck, als wir auf dem Sattel dieses mächtigen Gebirgszuges, der das tiefblaue Ägäische Meer vom Hinterland trennt, angekommen waren. Der Fahrer hielt an, und wir konnten aussteigen und dies alles auf uns wirken lassen. Etwas überraschend war es, an dieser Stelle Europas Skilifte zu sehen; deren Talstation lag fast an der Straße und war ganz einfach: Eine kleine Baracke, in der landesüblicher Imbiß, Souvenirs und Liftkarten verkauft wurden, die aber auch gleichzeitig den höchsten Punkt dieser Bergstraße markierte, war alles, womit die vielfältigen und vielseitigen Aufgaben erfüllt wurden. Nach einer kurzen Verweildauer bestiegen wir wieder unser Gefährt, und ab ging es den Berg hinunter zum Meer.

Hier sollten wir unseren Schiffsgastgeber, Abenteurer, Ferienunterkunftvermieter – oder wie wir ihn auch immer nennen wollen – erwarten und treffen. Dieser Ort hatte einen winzig kleinen Hafen, in dem drei oder vier Fischerboote Platz fanden, und eine für Eselskarren befahrbare Durchgangsstraße. Der Ort bestand aus fünf oder sechs Häusern und einer bescheidenen Gastwirtschaft, deren Gastraum eine mit Lampions überspannte und von Kletterpflanzen zu einer Laube überwachsene Loggia war; vier Tische mit festen Bänken stellten das Mobiliar dar. Wir setzten uns an einen dieser Tische und luden unseren Chauffeur ein, mit uns zu essen. Der Wirt, ein freundlicher, älterer Mann, dem der Meereswind, die Sonne und das Salzwasser Gesicht und Hände gegerbt hatten, brachte uns die Speisekarte, auf der ein Gericht und eine Weinsorte angeboten wurden: Hühnchen mit Beilagen und Retsina. Um uns herum liefen und scharrten eine große Anzahl von rasselosen Hühnern. Die Vorstellung, daß eines dieser Tiere uns innerhalb der nächsten Stunde als Mittagsmahl serviert werden würde, ließ unseren anfänglich sehr großen Hunger weitgehend schwinden, so daß wir nur das aufgetischte Brot, die Beilage und den Wein zu uns nahmen. Unser Fahrer teilte unsere Zurückhaltung nicht und sättigte sich genußvoll mit dem Fleisch des Federviehs. Nach knapp zwei Stunden bezahlten wir, und wir verabschiedeten unseren Taxifahrer, der ja noch zurück nach Volos mußte.

Von dem Gastgeber, bei dem wir unseren Urlaub verleben wollten, war noch nichts zu sehen. Die nun schon tiefer stehende Sonne spiegelte ihren glutroten Schein von Westen in der gänzlich ruhigen See, die bereits eine graublaue Farbe angenommen hatte – ein wundersames Farbenbild. Wie ganz selbstverständlich bog mit langsamer Fahrt ein schon sehr alt wirkendes, mit graubraunem Segel getakeltes Fischerboot in die Hafeneinfahrt. Man hörte das Tuckern eines Dieselmotors, an Bord entdeckten wir zwei Männer, die damit beschäftigt waren, das Boot so zu manövrieren, daß es, ohne anzustoßen, einen Platz zum Anlegen fand. Dem Fischerboot entstieg unser Gastgeber, er ging so sicher auf uns zu wie jemand, der alte Freunde wieder in Empfang nimmt. Nachdem sein Begleiter – wie wir bald feststellten, ein taubstummer, sehr, sehr freundlicher Gehilfe namens Lakis – das Boot festgezurrt hatte, begrüßte uns auch er mit einem strahlenden Lächeln. Lakis war während unseres ganzen Aufenthalts auf der Halbinsel mit den drei »Feudalunterständen«, in denen wir schliefen, unser steter Helfer und Begleiter.

Am Abend des ersten Tages, wir saßen noch beim Abendessen, erschien unser Gastgeber und fragte, ob wir mit ihm fahren wollten, um Grundnetze und Grundangeln einzuholen. Natürlich waren wir sofort Feuer und Flamme. Nur meine Frau und unser jüngster Sohn blieben an Land. Ich gab meiner Frau meine Armbanduhr, damit der einzige Zeitmesser, den es dort gab, nicht naß wurde. In einem kleinen Schlauchboot ging es hinaus auf See zur

Spitze der Halbinsel, vorbei an einem unwahrscheinlich zerklüfteten Felsenufer mit schroffen Spitzen und langen, messerscharfen Kanten. Es bedurfte schon großer Fertigkeit, mit einem Schlauchboot hier unversehrt fahren zu können. Dieses Gebiet war natürlich ein jagdreiches Gewässer. Plötzlich wurde der Himmel finster, und im gleichen Augenblick kam ein heftiger Sturm auf. Unser Gastgeber und Kapitän entschied sich zur sofortigen Rückkehr. Lakis nahm den Außenbordmotor fest in beide Hände und steuerte uns mit relativ hoher Fahrt sicher um die Klippen. Dem Sturm folgte ein heftiges Gewitter mit fortwährend wechselnden Blitzen, die alles taghell erscheinen ließen, und ohrenbetäubenden Donnerschlägen. Wir waren sehr froh, als wir, total durchnäßt, unseren Heimathafen erreicht hatten.

Als ich an unseren überdachten Schlafplatz kam, saß meine Frau mit unserem jüngsten Sohn am Kopfende unserer Betten, die Fußenden waren vom Regen feucht geworden. Und sie erzählte sogleich, daß sie entsetzlich erschrocken sei, als sie – durch Blitz und Donner erwacht – auf die Uhr schaute, die sie falsch herum um das Handgelenk angelegt hatte, und es schon Viertel nach drei Uhr und von uns keine Spur zu sehen oder zu hören gewesen sei. In Wirklichkeit war es aber erst Viertel vor neun Uhr, und sie hörte kurze Zeit später unsere Stimmen und konnte den spärlichen Schein der Karbidlampe unten im Hafen erkennen.

Da die Einsamkeit an diesem Ferienplatz doch ungewöhnlich war – der nächste Ort mit einem funktionierenden Telefon war Veneton, dreieinhalb Fußstunden von uns entfernt –, hatten uns unsere Arztfreunde einen großen Plastiksack mit Medikamenten, einigen Instrumenten, Impfstoffen, Spritzen und Kanülen zusammengestellt. Ich weiß bis heute noch nicht, auf welchem Wege sich die Nachricht, daß ich Tierarzt sei, nach Veneton, das wenige Jahre zuvor von einem grausigen Erdbeben heimgesucht worden war und nur noch von sechs oder sieben älteren Bauernfamilien bewohnt wurde, durchgesprochen hatte. Jedenfalls war es bekannt geworden, und meine Familie und ich mußten einige Male dorthin, um Ziegen und Mulis zu behandeln. Als der Urlaub zu Ende war, war auch der Medikamentensack leer, ohne gottlob ein einziges Mal für uns benutzt worden zu sein.

Die Behandlung von Tieren in dieser Einsamkeit möchte ich nun an zwei Beispielen schildern:

Wir fünf, meine Frau, unsere Söhne und ich, schickten uns an, eines Morgens den Weg nach Veneton zu nehmen. Ein schmaler Pfad durch hohes Gestrüpp, den teilweise Disteln in Mannshöhe säumten, führte zunächst eine leichte Anhöhe hinauf. Dann kam ein weites Wiesental, wobei die dortige Wiese überhaupt nicht unseren Vorstellungen von einer Wiese entspricht. Es war ein weiter Talgrund, der mit einer Niedrigmacchia bewachsen war. Unter dieser Macchia waren eine große Zahl von Schlangen und verschiedene Formen von Echsen zu Hause. Die Vegetation diente von Zeit zu Zeit kleinen Wiederkäuern als Nahrung. Nach einer längeren Fußwanderung erreichten wir den Dorfrand und standen vor dem ersten kleinen Bauernhof. Im Umfeld dieses baufälligen Steinhauses waren Teile des Bodens landwirtschaftlich bearbeitet und wurden als Anbauflächen für eine Art Wildweizen, teilweise sogar Kartoffeln und vereinzelt auch Hackfruchtarten genutzt.

Der Bauer war in etwa zwanzig Meter Entfernung dabei, eine Ziege zu »kneten« – ich würde sagen, in seiner Verzweiflung recht zu quälen. Als wir ganz nahe herangekommen waren, sah ich, daß das arme Tier gebläht war. Sofort versuchte ich dem Bauern verständlich zu machen, daß seine Bemühungen, das Tier auf diese Art und Weise vor dem sicheren Tod zu bewahren, sinnlos seien. Als wir noch debattierten, das heißt mit Händen und Füßen versuchten, uns gegenseitig verständlich zu machen, erschien der Nachbarbauer. Er stand in einigem Abstand und schaute. Auf seinem Rücken trug er wie einen Rucksack einen Kanister. Mit diesem brachte er Wasser auf den kleinen Acker, auf dem auch er sich bemühte, Hackfrüchte zu ziehen. Am Auslauf des Kanisters war ein Schlauch befestigt, dessen Mündung vom Bauern mit zwei Fingern zusammengequetscht wurde; bei Verringerung des Fingerdrucks wird das Wasser sprühend auf dem Boden verteilt. Süßwasser ist hier ein großes Gut und wird aus einem einzigen, beim letzten Erdbeben gottlob nicht zerstörten Brunnen geholt. Ohne diesen hätte wahrscheinlich in dem Dorf kein Mensch mehr gewohnt. Sofort ging ich auf den Nachbarbauern zu, der recht verdutzt schaute, nahm ohne viele Worte den Schlauch aus seiner Hand und zog ihn aus der Kanistermündung, was natürlich großen Protest, aber immerhin keine Abwehr auslöste. Das Restwasser schoß wie aus einem offenen Hahn auf den Boden. All dies kümmerte mich nicht. Ich lief mit dem Schlauch in der Hand zurück zu der am Boden liegenden Ziege. Ihre Augen traten wie Kugeln aus den Höhlen, die Nasenöffnungen waren gebläht, die Schleimhäute dunkelblau, ebenso die aus der Mundhöhle vorstehende, schon harte Zunge, deren Spitze leicht nach oben gewölbt war. Ein kurzes, abgehacktes Atmen war das einzige noch deutliche Lebenszeichen. Ich bat meine Frau, den Kopf des Tieres zu halten. Ich schob den sehr weichen Schlauch unter großen Schwierigkeiten in den Schlund der Ziege so tief hinein, bis der Mageneingang passiert war, was am Ausströmen übelriechender Gase festzustellen war. Dann suchte ich einen langen, dünnen Holzstab, den unser Martin auch bald entdeckt hatte, und führte diesen in den Schlauch hinein, um so das Lumen des Schlauches von Futterresten frei und für Gase weiterhin passierbar zu halten. Nach einer gewissen Zeit atmete die Patientin frei durch. Kurz danach stand sie auf, immer noch ragte der Schlauch aus ihrer Mundhöhle. Den Kopf hielt ich ihr selbst und paßte höllisch auf, daß sie den Schlauch nicht mit ihren Backenzähnen durchbiß. Um das zu vermeiden, hielt ich ihr später ein Querholz, das unser Michael gefunden hatte, hinten in den Kieferwinkel. Die beiden Bauern standen jetzt mit fast versteinerten Gesichtern daneben und konnten dem, was geschehen war, immer noch keinen Glauben schenken. Ich zog dann den Schlauch heraus, gab ihn dem Nachbarn zurück und versuchte dem Ziegenbesitzer klarzumachen, daß das Tier unter keinen Umständen Futter bekommen dürfe, bis ich zurück sei.

Wir fünf schickten uns an, zurückzugehen, denn ich mußte versuchen, ein Präparat aus unserem Medikamentensack, einen »Oberflächenentspanner«, der auch gegen Durchfälle wirkt, noch rechtzeitig der kranken Ziege einzugeben. Nach vier Stunden waren wir zurück – wir hatten eine schnelle Gangart eingelegt – und flößten der Ziege, die noch stand, aber wieder leicht gebläht war, das Präparat ein. Dem Bauern schärfte ich nochmals ein, dem Tier unter keinen Umständen Futter anzubieten und erst am nächsten Tag etwas altes Heu, dessen Menge ich ihm zeigte, zu geben; in Abständen sollte das Tier etwas Wasser trinken.

Der Tag ging schon seinem Ende entgegen, als wir wieder in unserem Bungalow angekommen waren. Aber alle fünf waren wir sehr glücklich darüber, der Ziege das Leben gerettet zu haben.

Es vergingen drei oder vier Tage, ich weiß es heute nicht mehr genau. Wir saßen noch beim Frühstück, das immer gleich gut war. Es bestand grundsätzlich nur aus an Ort und Stelle erzeugten und verarbeiteten Grundnahrungsmitteln: selbstgemachten Marmeladen, selbstgebakkenem Brot, selbstgesammelten Pflanzen oder Blättern für den Tee und Milch von der Ziege, über die später noch zu berichten sein wird. Wir hatten gerade das Frühstück beendet, als in einiger Entfernung ein Bauer mit zwei gesattelten Mulis des Weges kam und mit strahlendem Gesicht zu uns herüberschaute. Sofort wußte ich, der will was von mir. Zu meiner Rettung sah ich auch unseren Gastgeber zu uns herüberkommen. Wahrscheinlich hatte er den Bauern erspäht und sich gedacht, daß nun sein Dolmetschen dringend notwendig sein werde. So war es dann natürlich auch. Der Bauer hatte seit geraumer Zeit ein lahmes Muli und hoffte auf Hilfe. Ich ging zum Bungalow, um meinen Medikamentensack zu holen, und machte mir auf diesem Weg natürlich Gedanken darüber, was mich wohl erwarten könnte. Als ich mich von meiner Frau und meinen Söhnen verabschiedete, schaute mich unser Michael an und sagte: »Das ist ja fast wie zu Hause, nur daß kein Telefon scheppern kann!« Aus seinen Worten klang ein Hauch von Resignation – einmal, weil ich sie wieder für einige Stunden verließ, und zum zweiten, weil er nicht mitkommen konnte.

Nachdem ich das Muli gestreichelt und am Hals geklopft hatte – ich bin der Meinung, daß man sich einem Pferd erst einmal bekannt machen sollte, bevor man in den Sattel steigt –, saß ich auf. Mir war bisher gänzlich fremd, daß man ein Reittier an einem einzigen Zügel leiten kann, und ich stellte mich auch entsprechend dumm und ungeschickt an. Wir hatten gerade die hohen Disteln erreicht – bis hierher hatte der Bauer das Muli geführt –, da nahm ich den Zügel auf; das Muli drängte nach rechts, meine nackten Beine – ich hatte natürlich Shorts an – rieben an den stacheligen Disteln, bis sie bluteten, und es tat scheußlich weh. Ich war fest der Meinung, das Muli sei meiner überdrüssig und versuche mich abzustreifen. Teils durch den Schmerz, teils durch die erneut nahende Distelgefahr veranlaßt, legte ich mich nach links hinüber. Dabei rutschte die Hand, die den Zügel hielt, ganz unwillkürlich auf die linke Seite – und siehe da: Jetzt ging das Muli nach links. So hatte ich zufällig den Bogen raus: Hält man die Zügel auf der rechten Seite, geht das Muli nach rechts, wirft man ihn über den Widerrist oder Hals nach links, geht es nach links. So kamen wir, ohne daß ich mir neue Verletzungen zuzog, an einem Stall an, in dem zwei weitere Mulis standen.

Der Bauer, der auf der ganzen Wegstrecke, ohne ein Wort zu sagen – ich hätte ihn ja sowieso nicht verstanden –, hinter mir hergeritten war, saß ab, ging in den Stall und holte das vorne links stocklahme Muli heraus. Inzwischen hatte ich meinen hölzernen Hochsitz – die Sättel waren aus Holz – ebenfalls verlassen, ich band mein Muli mit dem Zügel an einem in die Stallaußenwand geschlagenen Haken an und untersuchte den Vorderfuß des kranken Tieres. Relativ schnell war die Verdachtsdiagnose »Hufabszeß« gestellt. Der Bauer hatte zwar schon vorher die Sohle des Hufes ausgeschnitten, aber zu unvollständig, als daß ich daraus etwas schließen konnte. Der Bauer hielt den Huf schön hoch, ich nahm mein Allzweckmesser und schnitt die Hufsohle, besonders im Tragrandbereich, nach. Dann suchte ich mir einen Stein, der als Hammerersatz dienen sollte, fand auch einen, der eine geeignete Keilform hatte, und beklopfte das Hufhorn. An einer Stelle war deutliche Schmerzhaftigkeit gegeben. Hier schnitt ich erneut noch etwas nach, und plötzlich brach aus der Tiefe eine übelriechende, bläschenbildende, jauchige Flüssigkeit hervor. Es ist immer ein erhebendes Gefühl, die erste Diagnose bestätigt zu finden; hier aber, unter diesen primitiven Voraussetzungen, war es etwas ganz Besonderes. Der Abszeßgang wurde noch etwas erweitert, mit Penicillin gefüllt, es wurde eine antibiotische Salbe hineingestrichen und ein Verband angelegt. Dann packte ich meine sieben Sachen wieder zusammen, und wir, der Bauer und ich, machten uns auf den Rückweg.

Als mich meine Frau und unsere Jungs von weitem sahen, winkten sie mir zu, und als ich dann bei ihnen war, vermittelten sie mir das Gefühl, sehr froh zu sein, daß ich wieder da sei. Und als ich dann noch erzählen konnte, wie gut alles gelaufen sei und daß ich am nächsten Tag wieder hin müsse, um nachzusehen, und wir dann aber alle zusammen hingehen würden, waren sie begeistert.

Der nächste Tag zeigte sich mit strahlendschönem Wetter. Alle fünf gingen wir noch vor dem Frühstück runter ans Meer und nahmen ein erfrischendes Bad. Nach dem Frühstück packte ich alles, was ich für die Nachbehandlung des Mulis benötigte, in einen kleinen Beutel, und wir gingen in Richtung Veneton. Als wir an dem Stall, in dem das Muli mit dem kranken Huf stand, angekommen waren, ging ich hinein und holte meinen Patienten heraus. Meine Frau und Michael hielten es am Kopf, Martin hob den zu behandelnden Fuß hoch, und Jochen reichte mir, was ich benötigte, um den Verband zu erneuern. Die Wunde am Huf sah schon wesentlich besser aus, wurde nochmals mit Penicillin gefüllt und erhielt einen neuen

Verband. Als wir mit der Behandlung fertig waren, führte Michael das Muli, eine kurze Strecke schreitend, vor. Die Lahmheit war unverhältnismäßig geringer geworden und nur noch ganz leicht vorhanden. Wir gingen dann, nachdem wir das Muli wieder in den Stall gebracht hatten, in den Ort hinein, um den Bauern zu treffen, was aber ohne Erfolg blieb.

Wir wanderten weiter, bis wir auf einmal vor dem mit einer Ringmauer umgebenen und vollständig von hohem Farn – der Farn war höher als die Mauer – zugewucherten Dorffriedhof standen. Fast genau die Mitte dieses Gottesackers nahm eine griechisch-orthodoxe Beerdigungskapelle ein. Das Gelände schien total verlassen, und wir wurden doch sehr neugierig, wie es wohl im Inneren einer solchen Kapelle aussehen mag. Wir suchten also nach dem Durchlaß der Ummauerung. Wir fanden ein Holztürchen, das von außen zu öffnen war, und gingen bis direkt vor die Kapelle – meine Frau sehr zögernd, aus Scheu, hier ein für einen Fremden bestehendes Tabu verletzen zu können, wir vier Männer aber um so forscher. Die Tür der Kapelle war mit einem hölzernen Querbalken verriegelt, den wir aber leicht durch ein Loch im faulenden Türholz bewegen konnten. Auf einmal tat sich die Kapellentür auf, und wir schauten in den halbdunklen, von Spinnweben durchzogenen, kleinen Aussegnungsraum hinein. Allerlei undefinierbare Möbelstücke standen da, deren früherer Verwendungszweck nicht mehr zu erkennen war. Hinter dem einen Türflügel entdeckte ich einen ganzen Stapel von Care-Paketen, teils offen, teils verschnürt. Nun wurde unsere Spannung, die ja sowieso durch den Eindruck dieses halbdunklen Totenhauses recht hoch war, bis zum äußersten gesteigert. Als ich den Deckel eines solchen Paketes anhob, stellte sich der Inhalt dar: die vollständigen Gebeine eines Menschen. Jedes Care-Paket war so mit einem Menschen gefüllt! Wir stellten alles wieder hin, wie wir es angetroffen hatten, schlossen die Kapellentür und das Eingangstürchen zum Friedhof und gingen, lange Zeit schweigend, mit ernsten Gesichtern zurück.

Als wir bei unserem Bungalow angekommen waren, besuchte ich gleich unseren Hausherrn und bat ihn, auf irgendeinem Weg den Bauern darüber zu informieren, wie er sich in den nächsten Tagen mit dem Muli zu verhalten habe. Auch von unserer Entdeckung auf dem Friedhof erzählte ich ihm. Er wußte die Antwort: Vor vielen Jahren habe man Gräber, bei denen die Trauerzeit abgelaufen gewesen sei, aufgelöst und die Skelette exhumiert. Normalerweise würden diese dann an eine bestimmte Stelle gebracht und dort verbrannt. Zwischen der Exhumierung und dem Verbrennen der Gebeine sei aber das Dorf von dem furchtbaren Erdbeben heimgesucht worden, und viele, viele Dinge seien ungetan geblieben – so eben auch der Abtransport der in der Friedhofskapelle gestapelten Pakete.

Am Tag der Abreise wurden der Ziege, die unseren Söhnen während unseres Aufenthaltes die Milch geliefert hatte, von dem taubstummen Lakis die Füße zusammengebunden; sie wurde mit uns und unserem Gepäck auf das Schiff verladen. Was hatte das für einen Sinn, fragte ich mich, gab diesem Gedanken aber keinen Ausdruck, sondern wartete ab. So etwas wird nie ohne eine überzeugende Notwendigkeit von den Menschen, die noch in dieser Ursprünglichkeit leben, gemacht. Als wir alle schon an Bord des kleinen Fischerbootes waren, erscholl aus der Ferne ein lautes Rufen. Es erschienen auf halber Höhe des Gebirgszuges, der das kleine Hafenbecken im Halbrund umgab, zwei winkende Bäuerinnen, die einige Habseligkeiten zu tragen schienen. Wir warteten natürlich, bis sie bei uns angekommen waren. Mit Händeschütteln verabschiedeten sie uns und übergaben mir zwei Beutel als Anerkennung und Dank für die Behandlung ihrer Tiere. Als wir abgefahren waren, erzählte uns unser Gastgeber, daß das, was die zwei Frauen uns geschenkt hätten, zu ihren größten Schätzen zähle: mit Maismehl vermischte Ziegenmilch, durch Trocknen konserviert; das sei während der Wintermonate die einzige Nahrung für die Menschen, die hier leben.

Nach ungefähr einer Stunde Fahrt legte unser Boot an einer Küste an, die nicht ganz so steil war, wie wir es bisher gewohnt waren. Man erzählt – dies nur als Nebenbemerkung –, daß an dieser Küste Xerxes mit seiner Flotte gestrandet und diese hier zerschlagen worden sei.

Lakis sprang ins Wasser und übernahm die Ziege, die unser Kapitän ihm über die Bordwand reichte. Er trug sie ans Festland und löste die Fesseln. Die Ziege, befreit aus der für sie quälenden Zwangshaltung, sprang sofort auf, blieb einen Augenblick stehen und schaute kurz zu uns herüber, dann orientierte sie ihre Haltung hin zum ansteigenden Küstenhang. Es war aufschlußreich, zu beobachten, daß die Ziege nicht zurück in die bekannte Geborgenheit, aber auch nicht in die ungewisse, allein zu meisternde Zukunft wollte; sie stand zunächst unentschlossen. Schließlich schien eine gelebte Erfahrung ihr Verhalten zu bestimmen.

Lakis war wieder an Bord gekommen, und die Fahrt ging weiter. Jetzt fragte ich unseren Kapitän, was das Ganze solle. Ich bekam folgende Erklärung:

Im Frühjahr kommt die Ziege zu einem bestimmten Zeitpunkt auf Rufen wieder an die Stelle zurück, an der sie jetzt ausgesetzt worden ist. Sie wird dann auf die gleiche

Art und Weise ins Schiff genommen und in umgekehrter Richtung transportiert. Meistens ist sie zu der Zeit trächtig. Sie gebärt ein bis zwei Junge, die nach Ablauf von zwei, drei Monaten geschlachtet werden. Die Zicklein werden verzehrt, und die Ziege wird weiter gemolken. Im Herbst wird sie dann, wie wir es jetzt gemacht haben, wieder an dieser Stelle ausgesetzt und nach kurzer Zeit von ihren Artgenossen, die es hier in verwilderter Form gibt, angenommen. Der griechische Staat hat in diesem Gebiet ein ausgedehntes Reservat eingerichtet, in dem verwilderte Ziegen in großer Zahl beheimatet sind. Hier wird die Ziege erneut von irgendeinem Bock gedeckt ... – So läuft Jahr für Jahr diese sehr eigenwillige Lebensform im stets gleichen Rhythmus. Aus alldem ist natürlich auch das beobachtete Verhalten des Tieres zu erklären.

Nach langer Fahrt erreichten wir unseren Ausgangshafen, den mit den drei oder vier Fischerbooten. Bis dorthin hatte uns bei der Anreise ein Taxi gebracht, hier holte uns ein Taxi auch wieder ab und brachte uns nach Volos. Welche unergründlichen Nachrichtenverbindungen hier im Spiele waren, wird uns allen stets ein Geheimnis bleiben. Aber sie haben bestens funktioniert!

Eine absonderliche, aber wahre Geschichte

Eine bestimmte Berufsgruppe möge mir verzeihen! Aber es ist wirklich eine wahre Geschichte:

Das Telefon läutete während der Behandlung zum drittenmal; wir wurden unkonzentriert, baten den Besitzer, seinen Hund selber zu halten, und meine Frau ging an den Apparat. Sie rief mir zu: »Da mußt du, glaub' ich, schon selbst kommen, da will einer unbedingt dich selbst sprechen!« Wir wollten gerade an dem Bein des Hundes einen größeren abdeckenden Verband anlegen . . .

Die Watte fällt vom Bein herab, die Salbenwurst auf den Boden, die Mullbinden rollen sich aus, das Leukoplast fliegt beim Befreiungsakt des Hundes davon, der Hund springt vom Tisch – alles endet in einer chaotischen Szene. Aber ich nehme den Hörer ab. Mein unbekanntes Telefon-Visavis hat mich an der Leitung! Ohne Gruß und Namensnennung eröffnet der Anrufer den Dialog: »Hören Sie mal, Herr Doktor, mein Hund hat mich eben durch einen Biß erheblich verletzt! Ich bin tief enttäuscht! Stellen Sie sich vor, ich bin vor diesem noch jungen Tier seit Tagen auf dem Boden hin und her gesprungen, ich habe sein Bellen nachgeahmt, ich habe mich vollständig hundegleich verhalten; das ging so weit, daß ich ihm ins Fell und in die Schenkel gebissen habe! Ich wollte ihm doch stets zeigen, daß ich der Rudelführer bin. Ich habe nichts unterlassen, um dem Hund von vornherein zu zeigen, wer von uns beiden der Stärkere ist und somit der Herr, der ja auch gleichzeitig der Anführer sein muß. Was kann ich denn um Gottes willen noch unternehmen? Wissen Sie, ich bin jetzt einfach ratlos, obwohl ich doch vom Fach bin! Wissen Sie vielleicht noch eine Erklärung oder eine Lösung des Problems?« Sofort schießt es mir durch den Kopf: »Vom ›Fach‹ ist er? Ein Tierarzt?« Meine Frage: »Was sind Sie denn von Beruf?« Nach kurzer Pause die Antwort: »Ich bin Psychologe, oder besser gesagt: ich habe damit zu tun.«

Ich stellte mir augenblicklich die Situation vor, die sich zwischen Hund und Besitzer aufgebaut und abgespielt hatte, und konnte mich eines schüttelnden Lachens nicht erwehren. Mein Gesprächspartner interpretierte mein Verhalten völlig richtig und beendete das Gespräch abrupt.

Affentheater

Für einen jungen Tierarzt ist es nicht einfach, eine eigene Praxis zu eröffnen. Ich war dazu fest entschlossen, obwohl ich das damit verbundene Risiko nicht unterschätzte. Immer wieder hielt ich mir vor Augen: Ob du Erfolg hast oder nicht, hängt einzig und allein von deinem Können ab.

Mut machte mir, daß ich während der langen Assistenzzeit an einer berühmten Universitäts-Tierklinik, unter der Leitung eines Chefs, der ein überragender Könner war, ungefähr alle in unseren Breiten vorkommenden Tiere behandelt hatte. Vom Kanarienvogel bis zum Elefanten.

So gerüstet wagte ich den Sprung in die Selbständigkeit. In der ersten Etage eines älteren Hauses mietete ich zwei Räume. Den etwas größeren richtete ich als Wartezimmer ein, den kleineren als Behandlungszimmer.

Die Ausstattung war damals, in den ersten Jahren nach dem Krieg, alles andere als üppig. Sie bestand aus einem Behandlungstisch, über dem eine kleine Operationslampe hing, einem Schrank für Medikamente und Instrumente, einem Schreibtisch in einer Ecke des Zimmers und einem Waschbecken mit Gasboiler in der anderen.

Auf dem Instrumentenschrank hatte ich einige Skelette von Hunden und Katzen aufgestellt. Ich verwende sie auch heute noch, um an ihnen den Eigentümern der Tiere bestimmte Krankheiten ihrer Pfleglinge zu erklären. Sie verstehen dann besser die Maßnahmen, die nötig sind. Vor allem, wenn es sich um operative Eingriffe handelt.

Die Begebenheit, von der ich nun erzählen will, ereignete sich an einem schönen, aber ungewöhnlich heißen Tag im Juli, wenige Wochen nachdem ich mich als Tierarzt niedergelassen hatte.

Der Vormittag war verhältnismäßig ruhig verlaufen. Gegen Mittag wurde die Hitze unerträglich. Deshalb war mit Patienten kaum noch zu rechnen. Doch gerade als ich die Praxis schließen wollte, klingelte es. Vor der Tür stand ein älteres Ehepaar und erkundigte sich besorgt, ob ich wohl auch einen Affen behandeln könne.

»So gut wie einen Hund oder eine Katze«, versicherte ich ihnen und bat sie herein. Um sie vollends zu beruhigen, erklärte ich, daß dies nicht mein erster Affenpatient sei.

Der kleine Pavian hockte, oder besser gesagt, er lag auf den Schultern des Mannes, die Arme um seinen Hals geschlungen. Sein Gesichtchen lugte nur wenig hinter dem Kopf seines Betreuers hervor. In dieser bequemen Stellung verharrte er so seelenruhig, daß man hätte annehmen können, es sei ihm völlig gleichgültig, was um ihn herum geschah. Dem widersprachen die funkelnden Augen, die prüfend von einem Gegenstand zum anderen wanderten. Ebenso wachsam verfolgten sie jede unserer Bewegungen.

Das Ehepaar trug leichte Sommerkleidung. Er eine hellgraue Leinenjacke und ein am Hals offenes Sporthemd, dessen Kragen über den Jackenkragen gelegt war. Weshalb ich das so genau beschreibe, werden Sie gleich verstehen.

Zunächst erkundigte ich mich, was denn dem Affen fehle. Er machte nämlich einen durchaus gesunden Eindruck.

Die Antwort war zugleich die Diagnose: »Unser kleiner Affenmann«, sagte die Frau, die das Wort führte, »hat eine blutende Hodenentzündung. Ist das sehr schlimm?«

»Das wollen wir nicht hoffen. Genau kann ich es Ihnen aber erst sagen, wenn ich ihn untersucht habe.«

Ich bat sie, das Äffchen von der Schulter ihres Mannes zu nehmen. Selbst wollte ich es nicht tun, um das Tierchen nicht zu erschrecken. Das hielt die Frau offensichtlich auch für das Beste.

»Komm her, mein Kleiner«, sagte sie und streckte die Hände nach ihm aus.

Doch nun zeigte sich, wie hellwach und abwehrbereit der kleine Pavian war. Noch ehe die Hände zufassen konnten, sprang er mit einem Satz von der Schulter des Mannes. Fauchend und zähnefletschend sauste er wie ein Blitz auf die Tür zu, die ich zum Glück geschlossen hatte. Er hatte also den Fluchtweg sehr wohl erkannt. Da er ihn versperrt fand, sprang er auf die Lampe über dem Behandlungstisch und von dort auf den Instrumentenschrank. Dabei fegte er die Skelette herunter, die krachend auf dem Boden landeten. Erschrocken über den Lärm, flüchtete er vom Schrank auf den Boiler, von dort auf den Schreibtisch und wieder auf die Lampe. Alles, was nicht niet- und nagelfest war, riß er zu Boden.

Entsetzt versuchten seine Besitzer, ihn einzufangen, doch der Affe ließ sie nicht an sich herankommen. Weder durch Locken noch durch Schelte war er zu bewegen, die wilde Jagd durch das Zimmer aufzugeben.

Das Chaos, das er im Handumdrehen in dem kleinen Raum anrichtete, ist schwer zu beschreiben. Man kann sich denken, daß ich darüber nicht gerade erfreut war. Um jedoch die Verwirrung nicht noch zu steigern, blieb ich ruhig in einer Ecke des Zimmers stehen. Ich dachte: Wenn du dich auch noch an der Verfolgung beteiligst, gerät der Affe noch mehr in Panik. Von dir wird er sich bestimmt nicht greifen lassen.

Das Ehepaar schien ähnliche Überlegungen anzustellen, und so warteten wir drei, bis der außer Rand und Band Geratene schließlich von selbst aufgab. Völlig erschöpft ließ er sich wieder auf dem Nacken des Mannes nieder.

Die Frau, die ganz in der Nähe stand, streckte rasch ihre Hände nach ihm aus. Dieser neue Angriff muß ihn furchtbar erschreckt haben. Es passierte ihm jedenfalls etwas sehr Menschliches, oder sagen wir lieber Animalisches. Der Ärmste hatte zudem noch Durchfall, und die ganze Ladung ging gezielt zwischen Hemd und Haut auf den Rükken des Mannes nieder. Der blieb, wie zu einer Salzsäule erstarrt, stehen. Augenblicklich verbreitete sich in dem kleinen Raum ein fast unerträglicher Gestank. Die resolute Frau ließ sich weder von dem Mißgeschick ihres Mannes noch von dem Gestank ablenken. Geistesgegenwärtig packte sie den Affen so, daß er ihr weder entkommen noch um sich beißen konnte.

Nun endlich war es möglich, ihn zu untersuchen. Ich ergriff Hinterbeine und Schwanz. Obwohl der Gestank so penetrant war, daß ich gegen eine Übelkeit ankämpfen mußte, überkam mich das Lachen, als ich feststellte, daß das Äffchen kein Affenmann, sondern ein brünstiges Weibchen war.

Die Frau war schockiert. »Man hat ihn uns doch ausdrücklich als Männchen verkauft. Sind Sie auch ganz sicher, daß er ein Weibchen ist?«

»Jeder Irrtum ist ausgeschlossen«, versicherte ich ihr.

Ich hatte das Äffchen inzwischen losgelassen. Es flüchtete sofort auf den Nacken des Mannes, der noch immer bocksteif dastand. Als der Quälgeist sich jedoch behaglich auf ihm ausstreckte und die Arme um seinen Hals schlang, kam plötzlich Leben in den Reglosen. Steifbeinig, aber erstaunlich flink stelzte er zur Tür und suchte das Freie. Sein

Gesicht drückte so viel Ekel aus, daß nun auch seiner Frau aufging, in welch übler Lage er sich befand. Sie lief ihm nach. An der Tür drehte sie sich um und sagte beinahe anklagend: »In diesem Zustand müssen wir noch eine halbe Stunde im Auto fahren.«

Darum beneidete ich sie nicht. Wenn ich mir vorstellte, wie es in dem engen Auto roch, war ich noch glimpflich davongekommen. Schnell riß ich alle Fenster auf und verließ eilends die Praxis. Der erste Atemzug in frischer Luft war eine Wohltat.

Ich hoffte, daß sich der üble Geruch bis zur Sprechstunde am nächsten Nachmittag verflüchtigen würde. Leider war das nicht der Fall. Selbst nach Tagen war er noch nicht ganz aus den Räumen verschwunden.

Im Laufe der Jahre sind mir noch öfter Affen zur Behandlung gebracht worden, doch kein Besuch ist so turbulent und so übelriechend verlaufen wie der des brünstigen Weibchens.

Wie mir der Wastl fehlt!

Eines Abends, als ich nach einem Besuch bei einem erkrankten Pferd auf dem Lande heimfuhr, sah ich an der Bushaltestelle unsere alte Stadtbiliothekarin stehen. Vor einem Jahr etwa hatte ich ihren 16jährigen Dackel wegen eines bösartigen und nicht mehr operablen Tumors einschläfern müssen.

Ich hielt an und fragte, ob ich sie mitnehmen könne.

»Das wär' nett von Ihnen, Herr Doktor«, sagte sie erfreut. »Der Bus ist mir grad vor der Nase weggefahren, und der nächste geht erst in 40 Minuten.«

Ich war froh, daß ich ihr den kleinen Gefallen tun konnte, und öffnete rasch die Tür. »Steigen Sie ein«, forderte ich sie auf. Als sie dann neben mir saß, erkundigte ich mich, wie es ihr gehe.

»Mei, Herr Doktor, wie soll's einer alten alleinstehenden Frau schon gehen? Seit ich meinen Wastl nimmer hab', fühl' ich mich schon recht einsam.«

Ich wußte, daß ihr Mann bereits vor vielen Jahren gestorben war. Die Kinder hatten geheiratet und lebten teils im Ausland, teils oben in Norddeutschland. Das hatte sie mir erzählt, als wir den Wastl einschläfern mußten.

»Aber Sie werden doch Freunde haben«, wandte ich ein, »schon durch ihre Tätigkeit in der Bibliothek. Ich weiß, wie beliebt Sie waren.«

»Freunde hatte ich freilich, aber die meisten sind gestorben. Die paar, die noch leben, haben sich im Altersheim eingekauft.«

Mit einem Seufzer fuhr sie fort: »Es ist nix, wenn man so allein übrigbleibt. Richtig hart ist's aber erst geworden, als ich unser Haus verkaufen mußte. Es war alt, aber gemütlich.«

Ich hatte den Garten mit den vielen Obstbäumen, Beerensträuchern und Gemüsebeeten noch vor Augen.

»Solange ich das alles zu versorgen hatte, bin ich mir nie überflüssig vorgekommen. Aber eines Tages ging's halt nimmer so recht. Das Haus war auch nicht mehr in dem Zustand, daß ich einen Teil hätte vermieten können. Da mußte ich wohl oder übel ans Verkaufen denken. Käufer waren grad genug da. Denen ging's freilich nicht um das Haus, sondern um das große Grundstück. Auf mich eingeredet haben sie wie auf einen alten Schimmel. Ich soll doch nicht so ungeschickt sein und mich mit dem Haus und dem Garten abplagen. Einer hat zu mir gesagt: ›Wenn ich an Ihrer Stelle wär', würde ich mir eine Komfortwohnung mit Heizung, warmem Wasser, mit Spülmaschine und Kühlschrank und Müllschlucker nehmen. Jetzt müssen's den schweren Müllkübel doch durch den ganzen Garten schleppen.‹

Das alles ist mir auch von Tag zu Tag schwerer gefallen, und immer häufiger hab' ich gedacht, so eine Komfortwohnung wäre vielleicht gar nicht unrecht. Als die Käufer das merkten, hatten sie auch bald eine Wohnung für mich gefunden. Na, und da hab' ich mich halt breitschlagen lassen und ihnen das Grundstück verkauft.«

Traurig meinte sie: »Sie wissen sicher, wie's heute aussieht. Das Haus haben's abgerissen, kein Obstbaum und kein Beerenstrauch ist stehengeblieben. Wer jetzt das große Appartementhaus mit den vielen Garagen und den gepflasterten Hof sieht, kann sich nicht vorstellen, daß das mal ein Garten war.«

»Haben Sie nun wenigstens eine hübsche und bequeme Wohnung?«

»Die haben sie mir als ein Paradies geschildert. Aber glauben Sie mir, heut wär' ich froh, wenn ich mein altes Haus und den Garten noch hätte und mich plagen müßte. Das ist allemal besser, als keine Arbeit zu haben und nicht zu wissen, wie man die Zeit totschlagen soll.«

Ich konnte die alte Frau so gut verstehen, aber einen Trost wußte ich für sie auch nicht.

»Ich sag' Ihnen was, Herr Doktor, solange der Wastl noch lebte, war's zu ertragen. Mit dem hab' ich reden können. Und wenn's mir in der Wohnung zu eng geworden ist, sind wir miteinander spazierengegangen. Zum Gassigehen war der Wastl immer aufgelegt. Da ist er vor lauter Freude um mich herumgesprungen.«

»Sie hätten sich nach dem alten Wastl halt wieder einen jungen Wastl anschaffen sollen. Der hätte Sie schon in Atem gehalten.«

»Das wollte ich auch, aber da hat sich herausgestellt, daß es ein Entgegenkommen war, daß ich den Wastl hab' behalten dürfen bis zu seinem Ende. Doch einen neuen Hund durfte ich nicht anschaffen. Was meinen Sie, was ich alles angestellt hab', um die Erlaubnis zu kriegen. Aber die Versicherungsgesellschaft, der das Haus gehört, in dem ich jetzt wohne, hat nicht mit sich reden lassen. Wissen Sie, was sie mir gesagt haben? Hunde in einer Etagenwohnung wären unhygienisch. Mei Wastl und unhygienisch!« Und dann resigniert: »Aber was kannst schon von Leuten erwarten, die nix von Hunden verstehen.«

Unterm Reden waren wir, ohne es recht zu merken, in der Stadt angekommen. »Mei, is dös schnell gangen«, meinte sie. Bevor sie ausstieg, drückte sie mir die Hand. »Dank auch schön fürs Mitnehmen. Und nix für ungut,

Herr Doktor, daß ich Ihnen die Ohren vollgeblasen hab'. Aber wenn man schon mal jemand trifft, der einen anhört und versteht, dann schwätzt man halt und findet kein Ende.«

Mir war richtig elend zumute, als ich sie in dem Hochhaus verschwinden sah und mir vorstellte, wie einsam sie sich in der leeren Wohnung fühlte. Weniger denn je verstand ich die Hartherzigkeit derer, die einem alten, einsamen Menschen nicht erlaubten, sich einen kleinen Hund zu halten. Wahrscheinlich ahnten sie nicht einmal, was so ein kleines lebendiges Wesen für einen Einsamen bedeutete.

Als ich einem Arztfreund von der Begegnung mit der alten Dame erzählte, die mich noch lange beschäftigte, wußte er von einem ähnlichen Fall zu berichten, der allerdings eine glücklichere Lösung gefunden hatte. Es handelte sich um einen Rentner, der mit seinem Schnauzer in einer Altbauwohnung lebte. Eines Tages teilte man ihm mit, daß er ausziehen müsse; das Haus werde abgerissen. Da der Mann schon über siebzig war, schlug man vor, ihn in einem Altersheim unterzubringen.

»Kann ich da meinen Lumpi mitnehmen?« hatte er gefragt.

»Ja, wo denken Sie denn hin!« lautete die entrüstete Antwort. »In einem Altersheim haben Hunde doch nichts zu suchen.«

»Ich laß doch meinen Lumpi nicht im Stich«, hatte er, nicht weniger entrüstet, meinem Bekannten erklärt. »Ich finde schon eine Bleibe für uns beide.«

Er hatte Glück und kam in einem Gartenhaus unter, das recht stabil und gut heizbar war. Dort leben die beiden noch vergnügt miteinander.

Als der Rentner meinen Arztfreund wieder einmal traf,

sagte er: »Ich hoffe nur, daß der Lumpi vor mir stirbt. Aber wenn ich zuerst gehen muß, versprechen Sie mir, daß Sie dann meinen Lumpi sanft einschläfern lassen. Bei fremden Leuten würde er sich zu sehr grämen.«

»Natürlich hab' ich es ihm versprochen«, sagte der Freund, »sonst könnte der alte Mann ja nicht ruhig sterben. Ich weiß auch schon, wer den Lumpi seinem Herrchen ganz sanft nachschickt.«

Ich bin froh, daß es bisher noch nicht nötig war. Ich treffe die beiden zuweilen, die frisch und munter täglich lange Spaziergänge machen.

Eine Dorfgeschichte

Der Aberglaube reklamiert für sich eine klare Weltdefinition, er beansprucht, auf schwankendem Grund festen Glauben, ja Wissen und Sicherheit zu verschaffen. Der Aberglaube – der Glaube an das wahrnehmbare Wirken von Zauberkräften – ist an das Menschsein gebunden. Im Aberglauben ist aber der Geist des Menschen fehlgeleitet. Die Geschichte des Aberglaubens ist alles in allem die Geschichte der Verführbarkeit des menschlichen Geistes und seiner Irrtümer. Sicherlich im Gegensatz zum Aberglauben stehen die Bauernregeln.

All dies habe ich freilich an anderer Stelle bereits ausführlicher dargelegt. Warum also diese Einleitung? Eigentlich will ich ja nur eine kleine Geschichte erzählen – von einem Bauern, der in dem uns nun schon ein wenig bekannten Dorf lebte und eine gottbegnadete Naturbeobachtungsfähigkeit besaß. Dieser Bauer, ein weißhaariger älterer Mann, kannte unendlich viele Bauernregeln; er verband sie stets mit eigenen Beobachtungen. Jedesmal, wenn ich auf seinen Hof fuhr und er sein Wohnhaus verließ, schaute er zum Himmel und gab einen Bericht über die Wetterlage mit daraus resultierender Wetterprognose. Auf der Grundlage von Windrichtung, Sonneneinstrahlung, Rückschlüssen aus dem Wetter der vergangenen Tage sowie aus dem Verhalten der Vegetation und seiner Tiere vermochte er über die weitere Entwicklung des Wetters Auskunft zu geben. Das geschah eigentlich immer ganz unvermittelt. Er war dabei immer liebenswert und gütig.

»Schauen S', Herr Doktor«, sagte er eines Tages zu mir, »heuer blüht schon die Eiche«, die am Rande seines Hofes stand, »aber die Esche drüben auf der anderen Straßenseite zeigt sich noch nicht«; und er fügte gleich hinzu:

»Blüht die Eiche vor der Esche,
hält der Sommer große Wäsche,
blüht die Esche vor der Eiche,
hält der Sommer große Bleiche.«

Ich kann mich noch sehr gut erinnern, daß ein ganz feuchter Sommer folgte. Seitdem achte ich jedes Jahr darauf, welche dieser beiden Baumarten im Frühling zuerst ihre Blüten zeigt.

Es ist heute wohl eine Selbstverständlichkeit, daß nicht nur die Dorfstraßen, sondern auch die meisten davon abzweigenden Nebenstraßen mit einer festen Bitumen- oder Teerdecke belegt sind. Ebenso selbstverständlich war es früher, daß die Straßen nur eine festgestampfte, festgefahrene Sand-, Schotter- oder Lehmbodenoberfläche aufwiesen. Im Zuge der Straßenmodernisierung wurde vor einigen Jahren auch die durch das Dorf führende Straße – es war im Frühsommer – mit einer festen, aber auch undurchlässigen Decke belegt. Sicherlich war das im Interesse aller – oder fast aller. Eine bestimmte Vogelart – genauer: eine Vogelfamilie – wehrte sich gegen die drastische Veränderung ihres Umweltmilieus.

Der Bauer erzählte mir, daß er, als er in der Küche seines Wohnhauses war, durch ein fast schreiendes Gezwitscher einer großen Zahl von Vögeln aufgeschreckt worden sei. Er sei sofort hinausgelaufen, da er befürchtet habe, ein wildes Tier, eine Katze, ein Wiesel oder was auch immer habe sich über eine Jungbrut hergemacht und er müsse eingreifen. – Nichts davon habe sich ereignet! Die Teermaschine sei über die Dorfstraße heraufgekommen und habe ihren schwarzen, zentimeterdicken Teppich abgerollt. Dieser Bitumenteppich habe alles, was unter ihm lag, zugedeckt, auch das Material, das die Schwalben zum Bau ihrer Nester unverzichtbar benötigten. Kaum sei die Straßenbaukolonne einige Meter weitergerückt, hätten sich die Schwalben in großer Zahl wie vom Teufel besessen auf eine Stelle des Asphaltbelags gestürzt und ihn aufgepickt, um, wie er nun wisse, an die überdeckte Ton- und Lehmschicht der Straße wieder heranzukommen – dieses Material brauchen sie, um ihre Nester bauen zu können. Dort hätten die Schwalben jedes Jahr vor der Brut herumgepickt, und das ließen sie sich jetzt nicht nehmen, betonte der Bauer. Natürlich habe die Straßenbaufirma das entstandene Loch in der Bitumendecke wieder aufgefüllt. Aber es sei dann von den Schwalben wieder freigepickt worden! Das alles, so beteuerte mir der naturverbundene Mann, sei später noch einmal geschehen, die Schwalben seien aber Sieger geblieben.

Wenn ich heute auf der Straße durch das Dorf fahre – es sind inzwischen zwei Jahrzehnte ins Land gegangen –, achte ich auf das Loch in der Straßendecke und denke daran, daß wir Menschen den Schwalben diese schwere Beeinträchtigung ihrer Lebensweise aufzwingen wollten, die Tiere sich jedoch zur Wehr setzten, und zwar – wie gesagt – gottlob mit Erfolg.

Eine einmalige Leistung

An diesem Freitag war das Wetter unwirsch. Noch regnete es. Aber der Wind schien auf Nordnordost drehen und den Regen in Schnee verwandeln zu wollen. Unser Hund, das Boxermädchen Toni, war nicht zu bewegen, mit unseren Söhnen und ihren Freunden in den Garten zu gehen. Sie blieb in ihrem Korb und wollte ihre Ruhe haben. Anders unsere Buben: Sie wollten nach Erledigung der Hausaufgaben im Garten ihre Freizeit genießen. Ich war weit außerhalb in einem anderen Landkreis und mußte dort ein Pferd operieren. Meine Frau hatte, bevor sie zum Friseur ging, die Kinder angewiesen, daß sie die Haustür angelehnt lassen sollten, damit sie, falls es ihnen zu kalt werde, jederzeit ins Haus könnten.

Meine Frau, die die ihr nicht sehr angenehme Prozedur des Haarewaschens hinter sich gebracht hatte, unter der tosenden Trockenhaube saß und in den Spiegel vor sich schaute, gewahrte, daß ganz langsam die Tür des Friseursalons geöffnet wurde und unsere Söhne mitsamt ihren Freunden im Geschäft erschienen. Unser ältester Sohn machte sich zum Sprecher dieser Gnadengesellschaft, ging zielsicher auf den Stuhl zu, in dem meine Frau saß, und berichtete ihr, wie es dazu gekommen sei, daß sie alle gerade draußen gewesen seien und der Windstoß die Tür zugeschlagen habe. Und nun sei ihnen kalt und naß, und sie möchten gern ins Haus und könnten nicht. In diesem Augenblick schoß meiner Frau durch den Kopf, daß sie ja auch keinen Haustürschlüssel dabeihabe und ich nicht erreichbar sei! Der Friseurstuhl wandelte sich zu einem Martersessel, denn sie war ja durch die Situation noch für eine geraume Zeit gefesselt. Sie rief die Friseuse zu sich, ließ sich oberflächlich trocknen, band sich ein Kopftuch um und ging mit der Knabenschar, die wie reuige Sünder neben und hinter ihr hertrottete, nach Hause.

Auf dem ganzen Weg überlegte sie, wie es wohl möglich wäre, doch noch ins Haus zu kommen. Ob nicht irgendwo vielleicht ein Fenster offen oder irgendeine Tür nicht ganz verschlossen sei? – Nichts dergleichen! Das Haus war wirklich zu! An der Haustür angekommen, hörte sie das typische blasende Schnuppern und die Atemgeräusche unseres Boxerhundes an der Türleiste. Meine Frau rief: »Toni, Toni, mach mir doch mal die Tür auf!« Und der Hund erhob sich auf seinen Hinterfüßen, drückte mit den Vorderfüßen die Klinke herunter – und die Tür öffnete sich. Nie vorher und niemals mehr nachher hat unser Hund je eine Tür geöffnet. Alle waren glücklich, ins warme Haus zu kommen.

Mit einem Ausdruck von Stolz, wie ich ihn nur bei einem Hund nach einer vollbrachten Leistung, die auf einem relativ hohen Intelligenzniveau angesiedelt ist, bisher beobachtet habe – meine Frau hat es mir so bildlich geschildert, daß ich die Situation wie selbst erlebt vor mir sehe –, zeigte sich unser Hund der eintretenden Familie.

Unsere Toni wurde natürlich gelobt und auch entsprechend belohnt.

Eine abendliche Katzengeburt

Bei einer etwas ungewöhnlichen Einladung lief die Unterhaltung recht angeregt. Wir versuchten, das Problem des Umgangs von Menschen, insbesondere von Kindern, mit Tieren zu analysieren. Natürlich bestand ein aktueller Anlaß: Die Presse hatte wieder einmal davon berichtet, daß irgendwo ein Hund ein Kind »angefallen« und »zerfleischt« – in Wirklichkeit wohl verletzt – habe. Die Anführungszeichen sollen meine Skepsis gegenüber dieser Berichterstattung andeuten. Ich möchte nicht unterstellen, daß sich da gar nichts ereignet hatte, über das zu berichten gewesen wäre. Da aber die näheren Umstände, die Voraussetzungen, der Ablauf ebenso drastisch wie nebulös beschrieben wurden, ließ sich mein Verdacht, es mit einer auflagesteigernden Sensationsnachricht zu tun zu haben, nicht ausräumen.

Daß Kinder im Umgang mit Tieren meist vom Gefühl großer Zuneigung geleitet werden, steht außer Zweifel. Daß die Tiere ihrerseits diese kindliche Zuneigung mit entsprechend lieben und oft äußerst behutsamem Verhalten beantworten, steht ebenso außer Zweifel. Kinder und Tiere – am besten eignen sich erfahrungsgemäß Katzen oder Hunde – gehören, wenn es eben möglich ist, zusammen. Infektions- und andere Gefahren, die bei diesem engen Umgang existieren, lassen sich bei entsprechender Unterweisung des Kindes und Haltung des Tieres auf ein Minimum reduzieren. Der seelische Mangel, den Kinder leiden müssen, die kein Tier halten können oder dürfen, ist dagegen ganz erheblich. Das kann sich im übrigen auch später im zwischenmenschlichen Verhältnis auswirken. Kinder, die mit Tieren leben dürfen, lernen besser, sich auf ein anderes Lebewesen einzustellen, seine Sorgen und Freuden zu teilen, es zu beschützen und – ganz besonders – es zu lieben. Hierzu liegen zahlreiche wissenschaftliche Studien vor.

In der Familie, in der wir eingeladen waren, gab es an dem Umgang mit Tieren, den die meisten Kinder suchen, wahrlich keinen Mangel. Hunde, Katzen, Kühe, Schafe, Ziegen, Pferde – alle waren sie auf dem Gut in großer Zahl vorhanden. Die sieben Kinder hatten zum Teil schon ihre »eigenen« Tiere. So umsorgte die jüngste Tochter eine Siam-Kätzin. Diese war ausschließlich dem Kind zugetan und akzeptierte den Kontakt mit anderen Menschen, auch mit Familienmitgliedern, nur sehr ungern.

Da es spät am Abend war, waren die Kinder schon lange zu Bett gegangen, sie schliefen in ihren Zimmern im ersten Stock. Wir saßen in den bequemen Sesseln des Wohnzimmers, als gelegentlich ein entferntes, leises Wimmer zu vernehmen war. Der Vater und Hausherr hörte dieses weinerliche Geräusch wie wir anderen auch und sprach in die Runde hinein: »Da scheint wieder eines der Kinder laut zu träumen. Ich habe die Tür zur oberen Etage offengelassen, damit wir hören, wenn sich da oben etwas rührt.« Das Weinen intensivierte sich in Dauer und Lautstärke, so daß wir alle keine Ruhe hatten und die Unterhaltung stockend wurde. Schließlich stand der Vater auf und stieg flugs die Treppe hinauf, um zu schauen, welches Kind weine und was der Grund sei.

Beim Näherkommen konnte er die Worte verstehen, die das Kind im Weinen immer wieder rief: »Des mog i net, des mog i net!« Es war die kleinste Tochter, die tränenüberströmt in ihrem Gitterbettchen stand, die Händchen um das obere Querholz gelegt. Das schlaff an ihrem Körper hängende lange, gelbliche Nachthemdchen hatte in der unteren Hälfte einen großen, grünlich gefärbten, nassen Fleck. Immer neue Tränen flossen, und das kleine Mädchen rief: »Des mog i net, Papa, des mog i net!« Der Papa hob die zur Seite gedrückte, etwas zerknüllte Bettdecke hoch, ließ sie sofort wieder fallen und rief nach mir.

Ich eilte die Stiege hinauf ins Kinderzimmer und sah die Bescherung: Die Siam-Katze hatte sich ins Bett ihres Lieblings begeben und unter der Decke, in der Nestwärme des schlafenden Kindes, vier schwarze Katzenwelpen geboren. Der nasse, grüne Fleck im Nachthemdchen des Kindes stammte vom Fruchtwasser, welches das Tier während der Geburt verloren hatte. Von dem Feuchtigkeitsgefühl war das kleine Mädchen offensichtlich aufgewacht, und es hatte sich über des Gekrabble und Gequietsche der kleinen Katzenwelpen sehr erschrocken.

Als nun die Mutter gekommen war und ihre kleine Tochter gewaschen, das Bett wieder sauber hergerichtet und ihr ein frisches Hemdchen angezogen hatte, lief die Kleine zu dem Körbchen, in das wir inzwischen die Katzenmutter mit ihren Jungen gelegt hatten; sie streichelte liebevoll ihre Katze – die Neugeborenen waren noch feucht –, kletterte dann zufrieden in ihr Bettchen und schlief sofort wieder ein.

Eine ungewöhnliche Verletzungsserie

Nachdem in den letzten Monaten bei den Pferden dieses Gestüts einige außergewöhnliche Verletzungen aufgetreten waren – in einem Fall mußte sogar der Staatsanwalt eingeschaltet werden –, wurde der Eigentümer sehr skeptisch und beobachtete seine Herde noch intensiver als bisher.

Als er eines Morgens verfolgte, wie die Herde von ein- bis zweijährigen Warmbluthengsten den gemeinsamen Laufstall verließ, fiel ihm auf, daß einige Jungtiere hinten rechts eine unbestimmte Lahmheit zeigten. Er sprach mit mir am selben Tag darüber und äußerte den Verdacht, daß hier wohl der gleiche Rohling am Werke sei, der auch die anderen Pferde verletzt habe. Wenn er seiner nur habhaft würde, dann würde er ihm schon zeigen, »wo der Bartl den Most holt«! Er schimpfte lange, ich hörte mir das alles an und schlug ihm dann vor, die lahmgehenden Jährlinge doch erst einmal genauer zu untersuchen, am besten, wenn sie am Abend von der Weide in den Stall zurückgekommen seien.

Gegen 18 Uhr trafen wir uns im Laufstall wieder. Es ist nicht ganz ungefährlich für den Untersucher, sich im Stall von freilaufenden Junghengsten zu bewegen. Sie sind zwar nicht aggressiv zu den Menschen, aber manchmal sind sie sehr ungemütlich untereinander, und dann besteht eine gewisse Gefahr, in das ungestüme Gerangel hineingezogen zu werden; außerdem sind sie entsetzlich neugierig, und das kann sehr lästig sein. Trotzdem bemühte ich mich, jedes Tier genauer anzuschauen und, soweit möglich, auch einzeln zu untersuchen. Dabei stellte sich heraus, daß bei sieben Pferden, knapp einem Drittel der Herde, der rechte Hüfthöcker entweder an – oder abgebrochen war! Diese erschreckende Bilanz ließ natürlich aufhorchen.

Der Gestütsbesitzer erneuerte seinen Verdacht, daß ein »gefühlloser, rabiater, mißgünstiger Mensch seine niederen Motive an den wehrlosen Jungtieren« austobe. Dieser Theorie konnte ich nicht zustimmen, weil alle sieben Pferde an der gleichen Stelle – lediglich ungleich stark – verletzt waren. Daß es sich freilich um Verletzungen handelte, daran war nach der Untersuchung kein Zweifel mehr. Da es inzwischen spät und dunkel geworden war, schlug ich vor, es an diesem Tage auf sich beruhen zu lassen; ich käme am nächsten Morgen und wolle gleich einmal beobachten, wie die Tiere sich früh in der Freiheit verhielten.

Gegen halb acht Uhr am nächsten Morgen trafen wir uns wieder in den Stallungen. In der Nacht hatte sich in der Junghengsteherde nichts Besonderes ereignet. Wir gingen wieder in ihren Laufstall hinein, und auf Geheiß des Gestütsmeisters öffnete ein Pfleger die recht schmale, für nur zwei Pferde gleichzeitig passierbare Tür nach draußen. Als ich beobachtete, wie die anderen Jungtiere nachdrängten, als die ersten durch die Tür hinausliefen, wurde mir klar, daß hier eine Verletzungsmöglichkeit bestehen könnte. Als alle Pferde im Freien waren, inspizierte ich den Türrahmen näher, und ich fand auch prompt die Ursache der Verletzung, die ja eigenartigerweise in allen sieben Fällen am rechten Hüfthöcker aufgetreten war: Genau in der Höhe dieses Körperbereichs der Junghengste ragte ein etwa 25 Zentimeter langes, stabförmiges Eisenstück wie ein Finger aus der Wand. An diesem Eisen wurde die

Tür verschlossen. Durch die Eile und das Drängen stießen die Pferde mit großer Wucht dagegen, so daß es gelegentlich zu An- oder Abbrüchen der Beckenschaufel kam.

Dieser eiserne Vorsprung wurde abgesägt, und niemals mehr hat sich ein Jungpferd auf diese Weise verletzt. Bis auf zwei, bei denen der abgebrochene Hüfthöcker operativ korrigiert werden mußte, sind alle Brüche ohne Behandlung gut abgeheilt.

Der kleine Eisenfresser

Auch dieser Vorfall ereignete sich während meiner Assistentenzeit. Zu den Privatpatienten unseres Chefs gehörte damals ein kleiner Pekinese. Sein Besitzer war Professor an der Kunstakademie, ein sehr sympathischer Mann und Freund des Chefs.

Ich erinnere mich noch gut, wie der Professor das Tier zum erstenmal zu uns brachte.

Verstört schilderte er die Symptome der Krankheit, die ganz plötzlich aufgetreten war und für die er keine Erklärung fand: Der kleine Hund hatte erbrochen und vor Schmerzen gewimmert. Dabei hatte er die Vorderbeine eingeknickt und das Hinterteil hochgereckt.

»Er bot einen bejammernswerten Anblick«, sagte der Professor. Man sah ihm an, daß er mit seinem Hund gelitten hatte.

Die Haltung des Tieres, die den Professor so erschreckt hatte, deutete drauf hin, daß die Schmerzen aus dem Bauchraum kamen.

Um jedoch eine sichere Diagnose zu stellen, mußten wir eine Röntgenaufnahme machen. Zum Erstaunen aller stellten wir darauf einen metallischen Fremdkörper im Magen fest.

Der Professor hätte nicht unglücklicher dreinschauen können, wenn man das Metallstück in seinem Magen festgestellt hätte.

»Und was geschieht nun? Wie kann man ihm helfen?«

»Wir müssen ihn operieren«, erklärten wir ihm.

»Gibt es keinen anderen Ausweg?«

»Leider nein.«

Schweren Herzens gab er seine Einwilligung. Der kleine Vierbeiner war für ihn eine Art Familienersatz. Ob er seine Angehörigen verloren hatte, weiß ich nicht. Jedenfalls lebte er allein, nur von einer alten Haushälterin betreut. Wirklich Gesellschaft leistete ihm nur sein Hund. Übrigens ein ausgesprochen kluges Tier.

Da wir die enge Beziehung zwischen den beiden kannten, waren wir alle froh, daß die Operation ohne Probleme verlief.

Es war jedoch nicht die letzte. Noch sechsmal mußten wir dem Pekinesen die verschiedensten Metallteile aus dem Magen oder dem Darm entfernen. Zum Glück war er ungewöhnlich widerstandsfähig. Meist hatte er den Eingriff schon nach wenigen Tagen überwunden.

Als der Professor ihn das letzte Mal abholte, machten wir ihm im Scherz den Vorschlag, dem Patienten bei der nächsten Operation der Einfachheit halber einen Reißverschluß einzunähen.

»Das wird nicht mehr nötig sein«, erkärte der Professor fröhlich. »Ich habe dafür gesorgt, daß er nicht noch einmal etwas Metallisches aufnehmen kann.«

Wir wünschten ihm dazu viel Erfolg. »Ihr Pekinese ist zwar äußerst robust«, sagten wir, »aber alle paar Wochen eine Operation dürfte ihm auf die Dauer doch nicht zuträglich sein.«

»Das war auch die letzte«, betonte er zuversichtlich.

Ich war nicht wenig erstaunt, als er schon einige Wochen später – ich hatte gerade Sonntagsdienst – sich wieder mit seinem Hund unter dem Arm bei uns einfand. Er sah so unglücklich aus, daß er mir leid tat.

»Lieber Doktor«, begann er, »mein Hund zeigt zwar die

gleichen Symptome wie immer, er kann aber kein Metall verschluckt haben.«

»Sind Sie dessen so sicher?« fragte ich zweifelnd.

»Absolut. Ich werde Ihnen erklären, weshalb ich es bin. Sie wissen doch, daß der Kleine mich auf Schritt und Tritt begleitet. Nachts schläft er neben mir. Er verläßt mich nicht mal, wenn ich ein Bad nehme; da hockt er neben der Wanne. Auch in meinem Arbeitszimmer ist er ständig bei mir. Ich gehe auch immer selber mit ihm Gassi. Nur selten einmal überlasse ich das meiner Haushälterin. Nach den Operationen überhaupt nicht mehr.«

»Wo hat er denn bisher die Metallteile aufgenommen?« wollte ich wissen.

»Die meiste Gelegenheit dazu hatte er wohl in meinem Arbeitszimmer. Dort hat er sich an heruntergefallenen Büroklammern, Reisnägeln und ähnlichem gütlich getan. Das habe ich aber inzwischen unmöglich gemacht. Ich habe nämlich einen starken Stabmagneten gekauft und ihn an einem Querholz mit langem Stiel anbringen lassen. Damit »fegt« meine Haushälterin jedesmal, bevor wir den Raum benutzen, den ganzen Boden ab. Das tut sie außerordentlich gewissenhaft. Seither liegt nie mehr auch nur das kleinste Stückchen Metall herum. Außerdem hat ihr Chef ihm bei der letzten Visite eine Eiseninjektion gemacht und mir versichert, daß sie den Bedarf seines Körpers an diesem Metall vollauf deckt.«

Der Ärmste sah mich hilfeheischend an: »Bitte, sag, daß es kein Eisenteil sein kann und daß keine Operation nötig ist.«

Wie gern hätte ich ihm die gewünschte Auskunft gegeben. Aber das konnte ich beim besten Willen nicht tun, ohne den Patienten zuvor zu röntgen.

So sagte ich nur: »Herr Professor, ehe wir lange herumrätseln, was möglich ist und was nicht, lassen Sie uns eine Röntgenaufnahme machen. Dann wissen wir, woran wir sind.«

Zögernd willigte er ein. Ich hatte das Gefühl, daß er Angst vor dem Befund hatte.

Unser kleiner Dauerpatient wurde also wieder geröntgt. An dem Ergebnis erstaunte mich nur die Form der Metallteile. Zwei Metallringe, fast so groß wie Zehnpfennigstücke, zeichneten sich deutlich im Magen ab.

Der Professor wurde blaß, als ich ihm die Aufnahme zeigte.

»Aber das ist doch unmöglich! Woher soll er denn die Ringe haben?«

Das wußte ich auch nicht. Mir blieb nur, ihm zu eröffnen: »Leider müssen wir wieder operieren.« Aber einen Trost hatte ich wenigstens für ihn: Ich konnte ihm versichern, daß der kleine Bursche den Eingriff auch diesmal gut überstehen werde.

»Hoffentlich haben Sie recht«, meinte er niedergedrückt. »Mach's gut«, sagte er leise und streichelte seinen Liebling zärtlich. Dann verabschiedete er sich rasch.

Nachdem die Operation gut verlaufen und der Hund aus der Narkose aufgewacht war, rief ich den Professor an: »Alles in Ordnung. In ein paar Tagen können Sie Ihren Eisenfresser heimholen.«

Erleichtert bedankte er sich, dann erzählte er mir: »Jetzt weiß ich auch, wie dieses kleine Untier zu den Metallringen gekommen ist. Als ich aus der Klinik heimkam, ging ich in mein Schlafzimmer, und da sah ich, daß die Daunendecke auf dem Bett zerwühlt war. Das konnte nur unser Freund gewesen sein. Ich versuchte, die Decke glattzustreichen. Dabei entdeckte ich, daß am Überschlaglaken zwei Zwirnknöpfe fehlten. »Das kleine Mistvieh«, sagte er zärtlich, »hatte sie abgebissen, den Zwirn herausgenagt und die Metallringe verschluckt. Aber das werde ich in Zukunft verhindern.«

Das scheint dem Professor auch gelungen zu sein. Solange ich an der Klinik beschäftigt war, hat er uns nicht mehr mit seinem Pekinesen aufgesucht.

Der entscheidende Ratschlag

In einem Dorf, einige Kilometer von uns entfernt, lebten in einem kleinen Haus zwei adelige Damen seit vielen Jahren in einer – wie wir es heute nennen – Wohngemeinschaft zusammen. Beide Baroninnen waren schon sehr betagt und konnten ihre Hauswirtschaft selber nicht mehr in Ordnung halten. Versorgt wurden sie von einem ältlichen Fräulein, dessen Figur mich immer an die maltesische Fruchtbarkeitsgöttin von La Valetta erinnerte. Die etwas jüngere, größer gewachsene der beiden alten Damen besaß einen Mops, den ich gelegentlich zu betreuen hatte.

Die kleinere, zähere und drahtigere der beiden Baroninnen konnte Möpse zwar überhaupt nicht leiden, war aber sehr tierlieb, so daß das Tierchen trotz allem wohlgelitten war. Bei jedem meiner Hausbesuche erklärte sie mir auch, daß so ein kleiner Hund vielleicht etwas für einen bestimmten Damentyp sei, sie, die kleine Person, aber unbedingt einen großen Hund bevorzugen würde. Sie könne aber leider keinen haben, solange diese »kleine Bürschtn« – als solche bezeichnete sie den Mops – noch da herumlaufe.

Als freilich eines Tages dieser Mops infolge eines Altersherzfehlers morgens nicht mehr aufgewacht war, trauerte sie unsäglich über den Tod dieses Tieres. Die Tränen liefen ihr über die Wangen, sie war nur noch zerknirscht und bedauerte sicher, daß sie überhaupt so abfällig über ein Tier hatte sprechen können.

Es vergingen einige Wochen, da läutete in unserer Praxis das Telefon. Kurz darauf rief mich meine Frau »Da mußt du, glaub' ich, selber ans Telefon kommen!« Ich nahm den Hörer, meldete mich mit meinem Namen und hörte die etwas krächzende Stimme der kleineren Baronin: »Doktor, die Baronin ist tot, ich brauche sofort einen Boxer!« Noch ehe ich es fertigbrachte, meine Bestürzung über das plötzliche Ableben ihrer Freundin auszudrücken, sagte sie bestimmend, ja fast im Befehlston: »Also, kommen Sie heute nachmittag, wir müssen einiges besprechen!« So konnte die alte Dame nur deshalb mit mir umspringen, weil ich sie in ihrer ein bißchen verschrobenen Art verstand und ihr herrisches Verhalten vergnüglich tolerierte. Schon oft hatte ich mir sie in ihren jüngeren Jahren vorgestellt, wie sie in Reitstiefeln und mit einem Rohrstöckchen in der Hand durch ihren riesenhaften Besitz, der nicht weit entfernt gelegen war, schlenderte und für Ordnung sorgte, wobei hier und da, wie es auf alten Rittergütern und unter Kolonialherren unschöner Brauch war, auch das Stöckchen in Aktion trat – bei ihr freilich in einer eher symbolischen Geste. Warum sie fast ihren ganzen Besitz verloren hatte, konnte ich übrigens nie ergründen.

Ich tat also, wie mir geheißen. Das Haus betrat ich mit einer gewissen Scheu, die aber sofort verschwand, denn die Baronin wollte mit mir ausschließlich über die Anschaffung des Hundes sprechen, den sie schon ausgesucht hatte und der am nächsten Morgen gebracht werden sollte. Damals war sie stattliche 91 Jahre alt und absolut im Vollbesitz ihrer stets sprudelnden geistigen Kräfte. Ich unterstützte sie in ihrem Vorhaben, und am nächsten Morgen kam die vierjährige Boxerhündin, die jemand wegen eines Todesfalles an den Züchter zurückgegeben hatte. Diesen Züchter hatte die Baronin ebenso unverzüglich wie mich angerufen, und der hatte ihr natürlich sofort diese Hündin angeboten. Ich untersuchte das gutmütige, sehr schöne Tier und befand es für gesund. Einige Male kam ich in den nächsten Jahren ins Haus, um den Hund zu impfen, eine eingerissene Kralle oder eine leichte Gehörgangentzündung zu versorgen oder andere kleinere tierärztliche Behandlungen durchzuführen.

Eines Tages erreichte uns wieder eine dieser stets dringenden Anrufe der inzwischen 94jährigen Baronin: »Doktor, Sie müssen heute unbedingt noch kommen!« Und schon legte sie auf. Als ich das Zimmer der alten Dame betrat, fand ich sie als armen, unglücklichen Menschen vor, wie ich sie vorher nie kennengelernt hatte. Sie lag im Bett, neben ihr der Hund. Sie bedankte sich fast devot für mein Kommen; sie habe etwas sehr Ernstes mit mir zu besprechen und wolle von meinem Rat ihre weitere Entscheidung abhängig machen. Auf ihrem Nachttisch lagen zahlreiche Bücher. Oben auf dem Stapel sah ich eine kleine Broschüre, die ich kannte und die mir sofort in die Augen fiel: Romano Guardinis »Das Vaterunser, das Gebet des Herrn«. Ohne große Umschweife kam sie sofort zum Kern ihres Anliegens. »Doktor«, sagte sie, »ich kann nichts mehr sehen. Seit kurzer Zeit bin ich fast blind. Ich war beim Augenarzt, und der sagte, es gebe nur eine Möglichkeit: Ich müsse mich operieren lassen. In meinem Alter bedeutet die Operation natürlich eine große Lebensgefahr.« Damals wurden solche Augenoperationen noch in Vollnarkose durchgeführt, vor der sie zwar nicht Angst, aber einen gewissen Respekt hatte. In der ruhigen Abgeklärtheit des Alters fragte sie mich ohne erkennbare Emotion: »Soll ich das Risiko eingehen, oder soll ich hier blind herumliegen? Soll ich meinen Guardini nie mehr lesen können? Zur Zeit ist mir das

Lesen jedenfalls unmöglich, und es wird ja eher schlechter als besser . . .«

Ich fühlte mich als Tierarzt zwar überhaupt nicht fachlich berufen, hier einen Rat zu geben, spürte aber, daß ich menschlich nicht ausweichen konnte und auch nicht ausweichen wollte. Immerhin konnte ich voraussetzen, daß sie von ihrem Augenarzt qualifiziert untersucht und ausführlich beraten worden war, zumal dessen guter Ruf weit über die Region hinausging. Nach kurzer Gesprächspause, in der ich mich gedanklich und gefühlsmäßig einzustimmen versuchte, riet ich ihr: »Unter allen Umständen lassen Sie sich operieren, und zwar so kurzfristig, wie es möglich ist.« – »Ja«, sagte sie, »heute war ich beim Augenarzt, und morgen könnte er den Eingriff vornehmen. Ich sagte ihm, daß ich nur noch einen meiner besten Freunde – und das sind Sie ja? - befragen und von dessen Urteil meine Entscheidung abhängig machen möchte.« Der Satz war kaum ausgesprochen, da drehte sie sich zum Telefon und teilte dem Augenarzt mit, daß sie sich am nächsten Tag der Operation unterziehen werde. Dann wandte sie sich wieder mir zu: »Eines ist noch zu besprechen. Heute abend kommt zu mir der Pfarrer, und ich werde alle Vorbereitungen so treffen, als ob ich morgen aus der Narkose nicht mehr aufwachte. Sie aber, Doktor, müssen mir jetzt in die Hand versprechen, daß Sie sich, wenn mir etwas passiert, um meinen Hund kümmern, ihn entweder zu sich nehmen oder ihm einen guten Platz vermitteln, oder, wenn beides nicht möglich ist, ihn sofort einschläfern. Ich will unter keinen Umständen, daß das Tier irgendwo in der Weltgeschichte herumgeschoben wird.« Allzugut verstand ich ihre Sorge, und ich gab ihr selbstverständlich dieses Versprechen.

Nie war ich gottlob gezwungen, meine Zusage einzulösen. Die alte Dame kam gut sehend wieder nach Hause. Sie war voll Lebensmut und guter Dinge, der hervorragende Operateur hatte ihr einen sehr angenehmen Aufenthalt im Krankenhaus verschafft.

Die Boxerhündin wurde dreizehn Jahre alt, bis sie wegen eines ausgedehnten, aufgebrochenen Gesäugekrebses mit starker Lungenmetastasierung und hochgradiger Atemnot eingeschläfert werden mußte. Das Sterben ihrer geliebten Hündin hat die Baronin – ein Vierteljahr vor ihrem eigenen Tod – nicht mehr erfaßt. Im letzten Jahr ihres irdischen Daseins nahm sie ihre Umwelt nur noch in Fragmenten wahr. Die Boxerhündin aber legte sich, wenn sie sich zur Ruhe begab, stets neben ihr Frauchen, ging nur kurz in den Garten hinaus, ließ sich keinesfalls, auch nicht an der Leine, weiter wegführen und ging sofort wieder zu ihrem Frauchen, in dessen engster Umgebung sie bis zu ihrem eigenen letzten Atemzug blieb.

Waren es wirklich Ufos?

In einem Nachbarort wohnte in einem etwas größeren, hölzernen, unmittelbar am Waldrand gelegenen Gartenhaus eine ältere Frau mit ihrem erwachsenen Sohn. Sie besaßen einen Boxerhund, ein sehr liebes, von Mutter und Sohn auch sehr geliebtes Tier.

Mitten im Winter, es war kurz vor Weihnachten, hatten wir einen wunderschönen, warmen Tag, wie das ja fast jedes Jahr im Voralpengebiet zu erleben ist. Ich war gerade im Garten beschäftigt, als vor unserer Tür ein Streifenwagen der Polizei hielt. Ein Polizist stieg aus, sprach mich über den Zaun an. Wir kannten uns recht gut; er war der Hundeführer der Polizei, der gelegentlich mit seinem ihn begleitenden vierbeinigen Helfer in unsere Praxis kam. Der Beamte fragte mich, ob ich wohl mit ihm kommen könnte. Sie hätten einen unverständlichen Anruf bekommen, und da seien Tiere mit im Spiel: kleine, dunkle Tiere in unzähliger Menge! Auf einem Grundstück seien sie plötzlich erschienen oder, besser gesagt, entdeckt worden. Und, so habe der Anrufer sich am Telefon geäußert, die müßten von einem außerirdischen Flugkörper abgesetzt worden sein. Ich schaute den Beamten an, er schaute mich an. Ich zog tief Luft ein und wollte damit die Fragwürdigkeit der ganzen Geschichte zum Ausdruck bringen, und im übrigen wollte ich ihm andeuten, daß es doch Samstag nachmittag sei und ich eigentlich eine gewisse Berechtigung hätte, auch einmal etwas Ruhe zu haben, um meinen vielfältigen Aufgaben gerecht zu werden oder auch nur der erholsamen Gartenarbeit nachgehen zu können. Nun sagte er: »Ach bitte, Herr Doktor, Sie täten uns schon einen ganz großen Gefallen, wenn Sie mitkommen würden!« Also ließ ich mich darauf ein, ging zu meinem Auto und holte routinemäßig die Tasche mit den Utensilien für tiermedizinische Not- und Sonderfälle aus dem Kofferraum. Ich zog Jacke und Gummistiefel an und bestieg den Polizeiwagen.

Im Auto unterhielten wir uns natürlich über die Art und den Inhalt des Anrufes. So kamen wir an dem von Mutter, Sohn und Boxerhund bewohnten Grundstück an, von dem aus man an diesem Tag einen geradezu traumhaften Blick auf das Alpenvorland und die Bergkette hatte. Die Berge erschienen ganz nah und schwarz, nur ihre höheren Spitzen waren – wie von ablaufendem Zuckerguß – von Schnee bedeckt. Ich betrat den Garten und wurde freudig vom Boxer begrüßt, der mich gleich erkannt hatte und sich entsprechend verhielt. Da ich keine Angst vor Tieren verspüre, habe ich nie gezögert, in Ausübung meines Berufs in Grundstücke einzutreten, die von Hunden bewacht werden. Ich bin auch noch nie angefallen oder bei einer solchen Gelegenheit gebissen worden. Der Polizist dagegen hielt sich im Hintergrund, er hatte durchaus Respekt vor dem ihm unbekannten Tier. Ich rief ihm zu, er solle nur hinter mir hergehen. Ihm tue der Hund nichts, solange ich dabei sei.

So kamen wir schließlich zu Mutter und Sohn, die sofort unaufhörlich auf uns einredeten und uns von den schrecklichen Dingen und Erlebnissen erzählten, die ihnen widerfahren seien. Als der Redefluß eine kurze Weile unterbrochen wurde, begrüßten wir erst einmal die beiden und fragten sie, an welcher Stelle ihres Gartens sie diese »tierischen Erscheinungen« beobachtet hätten. Der Sohn führte uns zu einer ungefähr zwei Teller großen Wasserlache, auf der eine anthrazit- bis blaugraue Masse schwamm. Erst bei näherer Betrachtung stellte ich fest, daß sich diese aus einer Unzahl von kleinen, sich bewegenden Lebewesen zusammensetzte. Ich äußerte die Vermutung, daß es irgendwelche Insekten seien, die ich aber nicht kennen würde und von denen ich auch nicht sagen könne, wo sie herkämen; sicher aber seien sie nicht mit irgendwelchen fliegenden Untertassen angereist, denn sie sähen wie sehr, sehr irdische Gebilde aus. Von solchen unbekannten Flugobjekten, neudeutsch: Ufos, wurde in manchen Presseorganen gerade in dieser Zeit in großem Stil berichtet. Das war sicher der Grund, der die Phantasie der beiden so beflügelt hatte. Ich ging und holte meine Tasche, nahm ein Röhrchen heraus und entnahm dieser krabbelnden Pfützenbedeckung eine Probe. Mutter und Sohn konnte ich nur dadurch etwas beruhigen, daß ich ihnen zusicherte, die entnommene Probe noch am gleichen Tag zu einem Institut zu schicken, in dem solche Insekten zuverlässig analysiert würden. Dann bekämen sie auch unverzüglich von mir Nachricht über das Ergebnis.

Wir verabschiedeten uns von den »Entdeckern« und fuhren in meine Praxis. Dort schrieb ich einen kurzen Bericht, der von der Polizei zusammen mit der Probe noch am gleichen Tag in das parasitologische Institut befördert wurde. Tatsächlich bekam ich schon nach 24 Stunden Nachricht, die ich, wie versprochen, gleich weitergab: Es waren Baum- und Blattparasiten, die natürlicherweise in den Winterschlaf gehen; sie finden ja keine Nahrung in der kalten Jahreszeit. Im Winterschlaf hängen sie dann zu Tausenden zusammengeballt in Astgabeln, bis die Frühjahrssonne sie weckt. Nur an sehr warmen Föhntagen im Winter, wenn der Südwind und die Sonne die Natur über die wirkliche Jahreszeit täuschen, kann es passieren, daß diese Insekten kurzfristig geweckt werden. Dann fallen sie von ihrem Winterquartier herab, oft – wie hier – auf Plätzen von Tauwasser, die auf ungeteerten Wegen in Wäldern, Fluren und Gärten zahlreich anzutreffen sind.

So liegt der Wert dieses Erlebnisses für mich, abgesehen von der Kuriosität, darin, wieder auf diese interessante Naturerscheinung aufmerksam gemacht worden zu sein. Daß die Nachricht von der Natürlichkeit des Phänomens und der Hinweis auf dessen Harmlosigkeit Mutter und Sohn freilich tief enttäuschten, konnte ich ihrer Reaktion am Telefon leicht entnehmen. Sie waren auf eine Sensation eingestellt, die nicht kam.

Hund entlaufen

Eines Tages fuhr an unserer Universitäts-Tierklinik ein alter Daimler-Benz vor. Die Insassen, ein Ehepaar aus Nürnberg, mochten etwa Mitte Fünfzig sein.

Als erste entstieg dem Wagen eine gewichtige und offensichtlich sehr selbstbewußte Dame. Neben ihr wirkte der Mann blaß und schüchtern.

»Ein weiblicher General«, meinte der Kollege, der gerade bei mir im Zimmer war. Neugierig verfolgten wir, was draußen weiter geschah. Mit dem weiblichen General schien er den Nagel auf den Kopf getroffen zu haben, denn kaum hatte die Frau das Auto verlassen, wandte sie sich mit einer herrischen Gebärde ihrem Ehemann zu, der daraufhin einen kleinen Hund auf den Arm nahm und folgsam hinter ihr herlief, während sie mit energischen Schritten dem Eingang zusteuerte.

»Armer Teufel«, sagte mein Kollege mitleidig, »mit der ist nicht gut Kirschen essen.« Und grinsend: »Ich überlasse sie dir.«

Kaum war er draußen, ging die Tür zu meinem Zimmer auf. Ohne zu grüßen, verlangte die Dame gebieterisch, den Herrn Professor persönlich, und zwar sofort, zu sprechen. Nur er dürfe ihren Hund – ein kleines, dickliches Tier, das man am ehesten noch als Foxbastard hätte bezeichnen können – untersuchen und behandeln.

Ich bat sie, einen Augenblick zu warten, und ging ins Nebenzimmer, um den Chef zu verständigen. Er hatte aber die arrogant vorgebrachte Forderung bereits gehört.

Unser Chef war ein höflicher Mann. Er verlangte Takt und Höflichkeit für sich und seine Mitarbeiter, aber auch von anderen.

Gegen seine Gewohnheit ließ er die beiden ein Weilchen schmoren, ehe er kam und sich den Patienten anschaute. Die Besitzer bedachte er nur mit einem kurzen, kühlen Gruß.

Nachdem er den Hund abgetastet hatte, gab er mir den Auftrag, ihm einen Einlauf machen zu lassen und anschließend die hintere Körperpartie zu röntgen. Nach diesen knappen Anordnungen verließ er ohne ein weiteres Wort das Zimmer.

Mit einem solchen Empfang hatte die Dame aus Nürnberg nicht gerechnet. Entrüstet sah sie erst mich, dann ihren Mann an, der daraufhin sofort eine empörte Miene aufsetzte. Daß das Verhalten des Chefs nur die gebührende Antwort auf ihre Taktlosigkeit war, schien der Frau nicht aufzugehen.

Zutiefst beleidigt übergab man mir den Hund. Stumm, versteht sich. Sie streichelten ihn auch nicht zum Abschied, wie es fast alle Hundebesitzer tun, die ihren Liebling in der Klinik lassen müssen. Ungerührt, als ginge der Hund sie nichts mehr an, marschierte die Dame, gefolgt von ihrem Mann, dem die Szene sichtlich peinlich war, zur Tür. Dort drehte sie sich noch einmal um. Ohne mich eines Blickes zu würdigen, schmetterte sie in den Raum hinein: »Heute nachmittag rufen wir an.« Die Drohung in ihrem Ton war nicht zu überhören. Das berührte mich allerdings wenig. Ich war froh, diese unangenehme Person los zu sein.

Der so lieblos zurückgelassene kleine Hund tat mir leid. Ich kraulte ihm ein bißchen das Fell und versicherte ihm, daß er von uns nichts zu befürchten habe. Die Worte verstand er natürlich nicht, doch meine Stimme schien ihn zu beruhigen. Jetzt konnte ich ihn dem Pfleger übergeben, der die Privatpatienten des Chefs betreute. Ihm gab ich auch die Anordnung weiter, dem Tier einen hohen Einlauf zu machen. Der Wärter nahm den Hund auf und setzte ihn in eine Box. Während er alles für den Einlauf herrichtete, bereitete ich die Röntgenaufnahme vor.

Ich wollte gerade hinausgehen, um die Wirkung des Einlaufs zu beobachten, als er Pfleger mit hochrotem Gesicht ins Zimmer stürzte. In der Hand hielt er die Leine, an der das offene Halsband baumelte.

»Um Himmels willen, was ist passiert?« fragte ich erschrocken.

»Der Krüppi ist mir entwuschen«, stammelte er in seinem Münchner Dialekt. »Furt ist er.«

»Wohin ist er gelaufen? In welche Richtung?«

»Zum Lager hin.«

Hier muß ich einfügen, daß damals ein riesiges amerikanisches Truppenverpflegungslager Zaun an Zaun an unsere Klinik grenzte.

Der Pfleger, der natürlich wußte, wie peinlich der Vorfall für die Klinik war, versuchte, mich zu beruhigen: »Den derwischen wir schon wieder, Herr Doktor. Der Zaun ist ganz dicht.«

»Hoffentlich!« So sicher wie er war ich nicht.

Um keine Zeit zu verlieren, alarmierte ich meine Koassistenten sowie alle verfügbaren Pfleger, und die große Suche begann. Ich selber holte mein Motorrad aus der Garage und fuhr den Zaun zum Lager ab. Von dem Hund keine Spur. Wohl aber begegnete ich dem Chef, der vom Mittagessen zurückkam. Natürlich mußte ich ihm berichten, was geschehen war. Und wie schon so oft, bewunderte ich auch in diesem Fall seine Fähigkeit, in kritischen

Situationen Ruhe zu bewahren und stets zuerst das Notwendige zu tun. Weder äußerte er seinen Unmut über die offensichtliche Fahrlässigkeit, noch wollte er wissen, wer den Hund hatte entkommen lassen – dafür war später Zeit –, er traf unverzüglich die Anordnungen, die geeignet waren, den Ausreißer wiederzubekommen.

»Rufen Sie alle Zeitungen im Münchner Raum an, und geben Sie eine Suchanzeige auf. Verständigen Sie auch die Polizei und die in Frage kommenden Tierheime«, trug er mir auf.

Nach kurzer Überlegung fuhr er fort: »Versuchen Sie, den Herrn vom Bayerischen Rundfunk zu erreichen, der immer mit seinen Traberpferden zu uns kommt. Vielleicht kann er eine Vermißtenmeldung und eine Beschreibung des Hundes durchgeben. Verständigen Sie auch die Besitzer.«

Da kann ich mich ja auf was gefaßt machen, dachte ich. Ich rief die Eheleute jedoch erst an, nachdem ich alle anderen Stellen verständigt hatte. Zum Glück waren sie nicht daheim. Erleichtert atmete ich auf.

Am schnellsten funktionierte die Radiodurchsage. Auf diese Weise erfuhren auch die Besitzer vom Verschwinden ihres Hundes. Minuten danach klingelte bei mir das Telefon. Was ich nun zu hören bekam, spottete jeder Beschreibung. Einen ganzen Kübel unflätiger Beschimpfungen goß die rabiate Frau über die Klinik, den Chef und auch über mich aus. Unnötig zu sagen, daß sie mich nicht zu Wort kommen ließ. Mit der wütend hervorgestoßenen Ankündigung »Wir kommen gleich zurück!« wurde der Hörer aufgeknallt.

Was blieb mir übrig, als auf sie zu warten? Gegen 10 Uhr abends erschienen sie endlich, die Frau noch genauso geladen wie am Telefon.

Bleib ganz ruhig, schärfte ich mir ein, laß dich nicht zu einer unbedachten Äußerung hinreißen.

Daß ich zu ihren Angriffen schwieg, hatte jedoch genau die Wirkung, die ich hatte vermeiden wollen. Die Frau bekam einen regelrechten Tobsuchtsanfall. Jeder Versuch, sie zu beruhigen, verstärkte nur noch ihre Wut. Auch der Mann ließ ihre Attacken stumm über sich ergeben. Aber schließlich war ihre Kraft erschöpft. Grußlos verließ sie, den bedauernswerten Ehemann vor sich herschiebend, die Klinik.

Ich atmete auf: Dem Himmel sei Dank, die war ich los.

Leider nur für kurze Zeit. Zwei Stunden später weckte mich der Pfleger, der Nachtdienst hatte: »Herr Doktor, kommen Sie schnell, die Leut sein wieder da, Sie wissen schon.«

Und ob ich wußte! Die Frau tobte noch ein zweites Mal, und zwar so, daß ich mir dachte: Die ist im Oberstübchen nicht ganz richtig.

Das stimmte wohl auch. Wie wir erfuhren, hatte sie mit ihrem Mann auf der Straße noch eine tätliche Auseinandersetzung, in die schließlich die Polizei eingegriffen hatte. Der Ehemann mußte mit angebrochenem Unterarm und zerkratztem Gesicht einen Arzt aufsuchen.

Danach hörten wir nichts mehr von ihnen. Uns jedoch blieb die quälende Ungewißheit, was aus dem kleinen Hund geworden war. Sie belastete uns mit der Zeit nicht weniger, sondern von Tag zu Tag mehr.

Etwa zwei Wochen nach seinem Verschwinden klingelte bei uns das Telefon. Es meldete sich ein Studienkollege, der mit der Lebensmittelüberwachung im benachbarten amerikanischen Verpflegungslager betraut war.

»Vermißt ihr vielleicht einen kleinen schwarzweißen foxähnlichen Hund?« fragte er.

»Und ob wir den vermissen. Weißt du, wo er steckt?«

»Ich hab' ihn hier bei mir.«

Minuten später saß ich auf meinem Motorrad, um den Ausreißer zurückzuholen. Man kann sich vorstellen, wie erleichtert wir waren.

Der Zaun war also doch nicht dicht. Unser Patient hatte hindurchschlüpfen können und war wohl durch eine offenstehende Tür in das Versorgungszelt gelangt. Nur konnte er nicht wieder heraus, da die Tür inzwischen geschlossen worden war. Weil ihn anscheinend der Hunger plagte, hatte er einen Fleischsack aufgebissen und sich an seinem Inhalt gütlich getan. Der muß ihm geschmeckt haben, denn er hatte keinen Versuch mehr gemacht, aus dem Zelt herauszukommen. Raffiniert hatte er sich auch vor den Leuten, die darin zu tun hatten, versteckt gehalten.

So jedenfalls reimten wir es uns zusammen.

Entdeckt wurde er erst, als einer der Kontrolleure während eines Inspektionsganges auf einem Häufchen ausrutschte, das nur von einem Hund stammen konnte. Was ihn noch zusätzlich erbitterte: Daß einige Arbeiter, die seinen Fall mit angesehen hatten, schadenfroh grinsten.

»Wer hält hier einen Hund?« fuhr er sie an. »Sie wissen doch, daß es streng verboten ist.«

Der Übeltäter wurde gesucht und schließlich auch gefunden. Als ich ihn in Empfang nahm, war er vergnügt und munter, er hatte sogar beträchtlich zugenommen. Das Leiden, dessentwegen man ihn zu uns gebracht hatte – eine Entzündung der Analdrüse – war verschwunden. Allem Anschein nach fühlte er sich pudelwohl.

»Der hat seine Herrin bestimmt nicht vermißt«, meinte bei seinem Anblick der Pfleger, dem er entlaufen war.

Natürlich teilte ich dem Ehepaar in Nürnberg sofort mit, daß ihr Hund gefunden worden war. Nach dem

Theater, das die Frau bei uns aufgeführt hatte, erwartete ich einen Freudenausbruch. Der blieb jedoch aus. Sie nahm die Mitteilung gleichgültig und ohne ein Wort des Dankes entgegen. Die beiden erschienen auch erst nach fünf Tagen, um ihren Hund abzuholen. Der ließ sich ergeben, aber ohne ein Zeichen der Freude von dem Mann auf den Arm nehmen. Die Frau hatte weder ein gutes Wort noch ein Lächeln für ihn. Stumm verließen sie die Klinik.

Uns allen tat das Tier leid.

So laut, daß die beiden es noch hören konnten, entrüstete sich der Pfleger: »Hat man so was schon erlebt! In meiner langen Dienstzeit sind mir solche Spinner noch nicht vorgekommen. Hoffentlich lassen sie ihren Grant nicht an dem armen Vieh aus.«

Das wünschten wir ihm auch. Gehört haben wir von dem kleinen Burschen nichts mehr. Glücklicherweise auch nichts von seinen Besitzern.

Echter Kummer oder Starallüren?

Vor Jahren besaß in einem Nachbarort ein berühmter Film- und Theaterschauspieler ein schloßähnliches Haus, das er mit seiner Frau und zahlreichen Katzen bewohnte. Mit sensibler Einfühlung in das Wesen dieser freiheitsliebenden und eigenwilligen Tiere hatte er in alle Türen des Hauses in Fußbodennähe ein Schlupfloch schneiden lassen, so daß die Katzen von einem Zimmer ins andere wechseln und nach Belieben auch ins Freie gelangen konnten.

In der Umgebung war die Vorliebe des Schauspielers für Katzen alsbald bekanntgeworden, und schon hatte der Volksmund einen treffenden Namen für sein Haus gefunden: »Das Katzenschlößchen.«

Unter der großen Katzenschar hatte sich eine eng an den Hausherrn angeschlossen. So muß man es wohl nennen, denn Katzen sind viel zu eigenständig und selbstbewußt, als daß sie sich so einfach vom Menschen zu seinem Lieblingstier machen ließen. Sie wählen ihn, nicht er sie. Und wer Katzen kennt und mag, wird diese nicht allzuoft bewiesene Anhänglichkeit als Auszeichnung empfinden.

Jene Katze nun hielt sich ständig in der Nähe des Schauspielers auf. Sie saß auf seinem Schreibtisch, wenn er schrieb, auf seinem Schoß, wenn er las, sie strich schnurrend um seine Beine oder rieb ihren Kopf an seiner Hand. Der Schauspieler gewöhnte sich so an das Tier, daß er die Katze auch auf Reisen, sogar ins Ausland, ebenso zu Dreharbeiten und Theaterproben mitnahm. Die Katze gehörte ganz einfach zu ihm. Während er spielte, wartete sie geduldig in der Gaderobe auf ihn. Kam er zurück, sprang sie ihm entgegen, strich schnurrend um seine Beine und rieb zärtlich ihren Kopf an ihm. Auf diese Weise zeigte sie ihm, wie glücklich sie war, ihn wiederzuhaben.

Auch die starke Bindung des Schauspielers an diese Katze ist leicht zu erklären. Für ihn, der sich gewissenhaft und oft selbstquälerisch um die Gestaltung seiner Rollen mühte, bedeutete die Beschäftigung mit dieser Katze Entspannung und Erholung, ganz abgesehen davon, daß er sie ebenso zärtlich liebte wie sie ihn.

Einmal spielte er die Hauptrolle in einem Film, der auf einem ehemaligen Luftwaffengelände nahe einer hessischen Stadt gedreht wurde. In der riesigen, noch gut erhaltenen Flugzeughalle waren die Kulissen für die Innenaufnahmen aufgebaut.

Eines Abends, die Filmarbeiten gingen ihrem Ende entgegen, kam der Schauspieler müde und erschöpft in seine Garderobe zurück. Heute würde ihm die Begrüßung der Katze besonders wohltun. Sie kam ihm jedoch nicht wie sonst entgegen. Er rief und lockte sie. Vergebens.

Aufgeregt lief er zurück in die Halle und fragte jeden, den er traf, ob er nicht seine Katze gesehen hätte. Aber niemand war ihr begegnet. Die Filmleute, die wußten, was die Katze ihm bedeutete, schickten jeden verfügbaren Menschen los, sie zu suchen. Umsonst, das Tier blieb verschwunden. Es gab auch nicht die geringste Spur von ihr, kein Anzeichen, wohin sie sich gewandt haben könnte.

Verzweifelt brach der Schauspieler die Arbeit ab. Dieser Entschluß brachte die Hersteller des Films in die größte Verlegenheit. Man beschwor ihn weiterzumachen, doch er erklärte, daß er außerstande sei zu spielen, solange man die Katze nicht gefunden habe.

Die Filmgewaltigen begriffen, daß das nicht etwa nur

eine Laune von ihm war. Am nächsten Tag boten sie ganze Schulklassen auf, die noch einmal das Flugplatzgelände und die benachbarten Wiesen und Wälder durchsuchen mußten. Ohne Erfolg. Als nächstes ließ die Filmgesellschaft Plakate mit einem Bild der Katze drucken und verteilen und setzte eine hohe Belohnung für ihre Auffindung aus.

In den kommenden Tagen wurden dem Schauspieler viele Katzen gebracht, die seiner Lieblingskatze ähnlich sahen. Manche mögen wirklich geglaubt haben, daß sie die richtige gefunden hätten. Die meisten aber spekulierten auf die hohe Belohnung. Sie waren töricht genug anzunehmen, daß der Schauspieler seine Katze nicht sofort erkennen würde – und sie ihn.

In Filmkreisen und auch in der Umgebung des Schauspielers wurde damals viel über den Fall gesprochen. Die einen fanden es sonderbar, andere sogar lächerlich, daß ein Mensch sich so an ein Tier anschließen kann, daß sein Verlust ihn unfähig macht zu arbeiten. »Starallüren«, sagten nicht wenige.

Ich glaube eher, daß dieser empfindsame Schauspieler seine Katze so sehr vermißte, daß er sich nicht mehr in der Lage fühlte, seiner Rolle gerecht zu werden

Alles Zureden und Bitten der Filmleute, die Rolle doch noch zu Ende zu spielen, halfen nichts.

»Ich kann es nicht, glauben Sie mir«, versicherte der Schauspieler gequält, packte seine Koffer und flog nach Kreta. Er hoffte wohl, die Katze, die in gewisser Weise zu einem Teil seines Lebens geworden war, in der fremden Umgebung eher zu vergessen als daheim, wo alles an sie erinnerte.

Nach seiner Abreise wurden in der Flugzeughalle die Kulissen abgebrochen. Während der Arbeit spitzte ein Arbeiter plötzlich die Ohren. »Seid mal ruhig«, bat er die Kameraden, »da hat doch eben etwas gewimmert.«

Alle lauschten gespannt, und bald war eindeutig ein leises Miauen zu hören.

»Mann, das kam von einer Katze!« rief aufgeregt einer der Arbeiter. »Vielleicht ist es gar die von dem Schauspieler.«

Ein Lauschen und Suchen begann, und bald hatte man herausgefunden, daß die Laute aus dem Fehlboden kamen, den man in der Halle eingezogen hatte.

»Hier ist es!« rief triumphierend ein Arbeiter, »hier genau unter mir.«

Geschwind löste man an der Stelle ein paar Bretter, und herausspaziert kam eine wohlgenährte Katze. Es war unschwer zu erkennen, wie froh sie war, dem Kerker entronnen zu sein, denn sie strich zutraulich um die Beine ihrer Retter.

Zur Freude der Arbeiter war es tatsächlich die verschwundene Lieblingskatze des Schauspielers. Natürlich dachten sie dabei auch an die ausgesetzte Belohnung, sie freuten sich aber auch für den Schauspieler, der seines freundlichen Wesens wegen bei ihnen beliebt war.

Wie aber war die Katze in den Fehlboden gekommen? Darüber wurden eifrig Vermutungen angestellt. Man kam zu dem Schluß, daß sie während der Abwesenheit ihres Herrn aus Langeweile auf Mäusejagd gegangen war. Daran war in der Halle, genauer gesagt in dem Fehlboden, kein Mangel. Die Katze hatte aber wohl nicht bemerkt, daß er geschlossen wurde, und nun gab es für sie kein Entrinnen mehr. Aber wenigstens brauchte sie während ihrer Gefangenschaft nicht zu hungern. Mäuse gab es mehr, als sie verzehren konnte.

Es versteht sich von selbst, daß der Schauspieler sofort

davon verständigt wurde, daß man seine Katze gesund und munter unter dem Fehlboden gefunden hatte. Niemand wird es wundern, daß er daraufhin eilends seine Koffer packte und mit der nächsten Maschine zurückgeflogen kam.

Einer der Männer, die bei dem Wiedersehen der beiden zugegen waren – das wollten die Finder sich natürlich nicht entgehen lassen –, versicherte mir, er sei alles andere als sentimental, aber ihm seien die Augen feucht geworden, als er gesehen habe, wie glücklich die zwei waren, daß sie einander wiederhatten.

Das hatte ihn nachdenklich gestimmt. »Wissen Sie, was ich glaube?« wandte er sich noch einmal an mich. »Daß wir die Tiere, mit denen wir zusammenleben, viel zuwenig kennen. Wir sollten uns mehr Mühe geben, sie zu verstehen, dann hätten wir gewiß noch mehr Freude an ihnen.«

Ich mußte ihm recht geben, fügte aber noch hinzu: »Und sie an uns.«

Eine sehr peinliche Situation

Ganz leicht war sie nicht zu untersuchen, denn sie gehörte einer Hunderasse an, die sich durch Eigenwilligkeit geradezu auszeichnet. Aber ihre Besitzer konnten recht gut mit ihr umgehen. Vor allem fürchteten sie sich nicht, und das ist sehr wichtig.

Die Chow-Chow-Hündin litt, wie ihr Herrchen berichtete, seit einiger Zeit daran, daß sie häufig ihren Harn unkontrolliert verlor – in einer mit Teppichen ausgelegten Wohnung eine sehr unangenehme Erscheinung. Wir hoben das Tier auf den Untersuchungstisch; schon der Griff unter den Bauch gab ein wichtiges Indiz für die Diagnosestellung. Beim Druck auf die hintere Bauchfläche spürte ich sofort eine längliche Narbe. Diese haben Hündinnen oft; eine solche Narbe ist ein Beweis für eine Bauchhöhleneröffnung in der Vorgeschichte: häufig ein Zeichen, daß Eierstöcke und Gebärmutter entfernt worden sind. Zudem verlor die Hündin während des Aufhebens eine kleine Menge Urin; entweder war das das berüchtigte »Angstlackerl« (»vor lauter Angst geht's in die Hose«) oder ein Zeichen für eine Blasenschwäche. Aufgrund dieser Beobachtungen konnte ich meine Fragen an den Besitzer wesentlich präziser stellen, und ich bekam schließlich sehr gut zu verwendende Antworten. Zunächst fragte ich natürlich nach der vorausgegangenen Operation, wann sie erfolgt sei und welcher Grund vorgelegen habe.

Die Hündin habe vor einem halben Jahr im Anschluß an eine vermeintliche Läufigkeit einen eitrigen Scheidenausfluß gezeigt, abnorm viel getrunken und sich permanent geschleckt. Sie seien dann mit dem Tier zu einem befreundeten Tierarzt gegangen, und der habe ihnen zu einer sofortigen Operation geraten. Sie hätten gar nicht lange überlegt und das Tier sofort in dessen Klinik belassen, denn sie seien im übrigen darauf aufmerksam gemacht worden, daß der Hund sehr kreislauflabil sei und jede Stunde Verzögerung den Zustand des Tieres verschlimmern und das Operationsrisiko vergrößern könne. Die Operation sei auch sehr gut verlaufen, und nach vier oder fünf Tagen sei ihr geliebter Wegbegleiter wieder bei ihnen gewesen.

Die weitere Untersuchung bei uns förderte keine besonderen Erkenntnisse zutage. Nur eines fiel mir auf: Als ich den Katheter in die Blase einführte, mußte ich – sehr vorsichtig – einen doch ganz erheblichen Widerstand überwinden. Das gleiche Hindernis spürte ich, als ich den Katheter wieder aus der Blase entfernte. Die Untersuchung des Urins ergab alle Anzeichen einer hochgradigen Entzündung der abführenden Harnwege. Die Diagnose stand nun eigentlich schon fest: eine Harnwegsinfektion, die zu häufigem, teils unkontrolliertem Harnabsatz führte. – Aber was war das für ein Hindernis, das ich mit dem Katheter aufgespürt hatte? Das ließ mich nicht in Ruhe. Die Frage mußte noch beantwortet werden. Zu diesem Zweck fertigte ich eine »Negativkontrast«-Röntgenaufnahme der Blase an. Um den gewünschten »Negativkontrast« zu erreichen, entleert man die Harnblase des Tieres vollständig und füllt sie dann über den gleichen Katheter mit Luft. Auf der »Negativkontrast«-Röntgenaufnahme war aber in diesem Fall nichts Überzeugendes zu erkennen: kein Konkrement, kein Blasenstein und auch keine sichtbaren Wucherungen. Als nächsten Schritt füllt man dann in die Blase einen »Positivkontrast« – ein Kontrastmittel in Form einer jodhaltigen Flüssigkeit – ein, der dann Aussparungen, Fremdkörper und dergleichen auf dem Röntgenbild deutlich werden läßt. Der »Positivkontrast« brachte uns weiter: Die erstellte Röntgenaufnahme ließ eine walnußgroße Gitterstruktur im Blasenhohlraum erkennen. Anhand der Aufnahme konnte ich aber noch nicht eindeutig beurteilen, was das für eine Gitterstruktur war. Jedenfalls mußte, um dem Leiden des Harnträufelns auf den Grund zu kommen, hier genauer untersucht und daher noch einmal operiert werden. Dies alles habe ich mit dem Hundebesitzer genau erörtert, um ihm dann eine erneute Operation vorzuschlagen. Seine Skepsis konnte ich nicht ausräumen; sie gipfelte darin, daß er verlangte, bei der Operation dabeizusein. Ich willigte selbstverständlich ein – obwohl ich es nicht ganz einsah, denn ich handle stets nach bestem Wissen und Gewissen und erstatte dem Tierbesitzer immer einen exakten Bericht.

Wir legten die Hündin in Narkose und bereiteten sie entsprechend vor. Zuerst schnitten wir natürlich wieder die Haare und rasierten die Bauchhaut; die Narbe der vorausgegangenen Bauchhöhleneröffnung kam zum Vorschein. Nach der Desinfektion wurde säuberlich abgedeckt. Der Schnitt wurde weiter nach hinten gelegt, denn ich mußte ja die Harnblase erreichen. Nach Eröffnung der Bauchhöhle stellte ich zunächst einmal fest, daß mein Vorgänger sehr sauber gearbeitet hatte, denn es lagen keinerlei Verwachsungen oder Verklebungen vor. Ich tastete die Harnblase und bewegte sie vorsichtig ins Operationsgebiet. Es war möglich, sie aus der Bauchhöhle herauszuverlagern. Schon bei dieser Manipulation bemerkte ich einen nicht näher zu definierenden Inhalt. Nachdem ich den Blasenhals mit einer Darmklemme verschlossen hatte, eröffnete ich die Blase durch einen Schnitt. Ich fuhr mit einem kleinen Instrument in das Blasenlumen hinein und konnte einen Tupfer zutage befördern. Der Hundebesitzer sah das, ergoß sich in einer wahren Schimpfkanonade auf den Voroperateur und verließ den Raum. Was zurückblieb, war ein Schleier von Peinlichkeit, der sich auf uns legte. Die Blase wurde gespült, vernäht, zurückverlagert und die Bauchhöhle verschlossen.

Ein Tupfer in der Blase – wie konnte das geschehen, war die Frage. Nun, sie klärte sich bald auf: Der Kollege, den ich nach Beendigung der Operation sofort anrief und der natürlich tief bestürzt war, erklärte mir, daß es im Verlauf der Erstoperation aus der Scheide zu bluten begonnen habe und ein Gehilfe das Scheidenlumen mit Tupfern habe austamponieren müssen; dieser habe versäumt, die Tupfer zu zählen. Deshalb sei dem Gehilfen offensichtlich nicht aufgefallen, daß er – wie im nachhinein anzunehmen sei – einen Tupfer durch die erschlaffte Harnröhre in die Blase verbracht habe.

Jedenfalls verliefen Operation und Heilung glatt, und der Hund ist genesen. Daß er ein zweite Operation hatte über sich ergehen lassen müssen, bedauerten wir allerdings sehr.

Das hätte schiefgehen können!

Die Vormittagssprechstunde war gegen 14.30 Uhr zu Ende gegangen, als mich ein Telefonanruf erreichte, dessen Inhalt auch meinen leeren Magen noch einige Zeit zur Geduld verpflichtete. Ein hoher Kriminalbeamter besaß ein Pferd, das in einem Reitstall stand, der gute 30–40 Minuten Autofahrzeit von uns entfernt lag. Er bat mich, doch sofort zu seinem Pferd zu fahren; er habe einen Anruf vom Stallmeister bekommen, daß sich das Pferd auf der Weide erheblich verletzt habe. Und er schloß das Gespräch mit der Bemerkung, heute sei bei ihm im Büro nicht viel los, er komme auch gleich dorthin. Ich packte schnell mein Instrumentarium und alles Weitere, was für die Versorgung einer oberflächlichen oder auch tieferen Wunde notwendig ist, und brauste los. Als ich den Stall erreichte, wartete der Stallmeister schon vor der Tür auf mich und empfing mich gleich mit den Worten: »Der Pferdebesitzer wollte ja eigentlich auch schon hier sein, aber Sie wissen ja, der Weg ist weit, und auf der Strecke liegt bestimmt eine ›Pizzeria‹. Ich glaube, wir fangen schon einmal an.«

Er holte das verletzte Pferd aus der Box, stellte es auf den Putzplatz – da hatten wir Bewegungsfreiheit – und zeigte mir die 25–30 Zentimeter lange Wunde am rechten Unterarm des Tieres. Auf ein Tischchen neben mir stellte ich alles, was ich zur operativen Behandlung der Wunde mitgebracht hatte. Dem Patienten gab ich eine Beruhigungsspritze, die Wundränder wurden örtlich anästhesiert. Nun wurde das Umfeld rasiert, alles desinfiziert, die

Wunde genäht. Ein hoher Verband deckte die Naht ab. Das Pferd bekam noch ein Starrkrampfserum und ein Antibiotikum.

Als wir mit der Behandlung fertig waren, kam ganz aufgeregt der Pferdebesitzer, der sonst ein sehr ausgeglichener und ruhiger Mensch war, in den Stall; ohne sein Pferd anzuschauen oder zu fragen, was ihm widerfahren sei, erzählte er sofort: Als er von seinem Büro, das in eine kleine Nebenstraße im Stadtzentrum ausgelagert sei, habe wegfahren wollen, habe das halbhohe, große, eiserne Hoftor geklemmt, hinter dem sein schwarzer BMW gestanden habe, und es sei mit keinem Mittel zu öffnen gewesen. Daraufhin habe er seine zwei Mitarbeiter im Büro gebeten, ihm zu helfen. Sie hätten dann zu dritt das Tor aus den Angeln gehoben und an die Seite gelehnt. Dann sei er in sein Auto gesprungen und losgefahren. Als er von einer breiten Verbindungsstraße auf einen größeren Platz habe einbiegen wollen, habe die Verkehrsampel auf Rot gestanden. Es sei ihm aufgefallen, daß rechts und links der Einmündung am Rand des Platzes zwei Streifenwagen der Polizei postiert gewesen seien. Als einer der Streifenbeamten seinen Wagen entdeckt hätte, seien, offensichtlich auf ein ausgemachtes Signal hin, alle vier Beamten mit gezogener Pistole aus den Wagen gesprungen und auf ihn zugerannt. Er selbst habe sofort nach seinem Ausweis in der linken Brusttasche gegriffen, was ihm um ein Haar zum Verhängnis geworden wäre, denn die Polizisten hätten dies als Griff nach der Pistole angesehen; in der gleichen Sekunde habe er aber sein überzeugendes Dokument in der Hand gehabt. Die Polizisten hätten sich entschuldigt und ihm den Hintergrund ihres Verhaltens erklärt: Eine Frau im dritten Stock des seinem Büro gegenüberliegenden Hauses habe beobachtet, wie drei Männer das Tor ausgehoben hätten und einer von ihnen mit einer Limousine eilig davongefahren sei. Sofort habe sie die Polizei angerufen und den vermeintlichen Autodiebstahl mit Nummernangabe und Hinweis auf die Fahrtrichtung gemeldet.

So sei alles gekommen. Er habe den Polizisten dann erklärt, warum sie das Tor ausgehängt hätten. Die inzwischen versammelte Menschentraube habe sich schnell verlaufen, als die Neugierigen gemerkt hätten, daß sich nichts Dramatisches ereignen würde. »Mit Ihrem Pferd hat sich auch nichts Dramatisches ereignet; wenn nichts Besonderes auftritt, komme ich in zehn Tagen, um die Fäden zu ziehen«, war meine Reaktion.

Es ist aber nur der Bruchteil eines Augenblicks gewesen, der den Mann vor einem Unglück bewahrt hat.

Such's Hasch-Pupperl

Als ich den nächsten Patienten und seinen Herrn mit dem typischen »Der nächste bitte!« aus dem Wartezimmer in den Behandlungsraum bat, stand ein Mann in Polizeiuniform auf und fragte: »Herr Doktor, jetzt bin ich dran – kann ich mit meinem Schäferhund durch die Ausgangstür hereinkommen? Mit ihm durch das volle Wartezimmer zu gehen ist nämlich ein bißchen schwierig.« Er habe den Hund sicherheitshalber im Einsatzwagen gelassen, bis er an der Reihe sei. Ich stimmte seinem Verlangen natürlich zu.

Er ging zum Wagen, zog seinem Hund einen beißsicheren Maulkorb an und kam mit ihm über die Straße herüber. Ich stand in der Tür und beobachtete nicht nur, wie die beiden miteinander umgingen, sondern auch, wie der Hund lief: Er schonte sein linkes Hinterbein, der Schritt war verkürzt; es sah geradezu aus, als ob der Hund, immer wenn er dieses Bein belasten wollte, fast einbräche. Jede Belastung tat ihm offensichtlich weh. In der Fachsprache nennt man ein solches Bild »Stützbeinlahmheit«.

Als die beiden das Sprechzimmer betraten, fragte ich den Polizisten sogleich, ob er wegen der Lahmheit den Hund vorstellen wolle. Genau das war sein Anliegen. Unser Pfleger Eberhard und der Polizist stellten den Patienten auf den Tisch. Der Beamte hielt den Hund am Kopf, und der Pfleger führte dem Tier ein Fieberthermometer ins Rektum ein – eine Routinemaßnahme, die am Anfang fast jeder Untersuchung steht. Die Körpertemperatur war normal. Der Beamte berichtete mir auf meine Nachfrage hin die Vorgeschichte der Erkrankung, was ebenfalls zur Routine einer Erstuntersuchung gehört. Er erzählte, daß er vor einigen Tagen mit dem Hund eine Übung auf freiem Feld abgehalten habe. Dabei sei dieser nach dem sogenannten Hasch-Pupperl gesprungen, habe aufgeschrien und sei von der Sekunde an lahm gegangen.

Während dieses Berichts führte ich meinen Untersuchungsgang fort und stellte dabei fest, daß die Zehen und das Sprunggelenk unauffällig waren, das Kniegelenk aber eine deutliche Schwellung zeigte und die Streckung dem armen Tier enorme Schmerzen bereitete. Außerdem war bei Bewegung ein leises Knirschen zu hören und der Oberschenkel gegen den Unterschenkel leichter verschiebbar als normal, was wir als »Auslösen einer Schublade« bezeichnen. Die Diagnose stand nun schon fest. Es mußte aber zur Bestätigung noch eine Röntgenaufnahme angefertigt werden. Ich sprach mit dem Polizisten, und wir gingen in den Röntgenraum. Das Hinlegen und Stillhalten des Hundes bedurfte in dieser Atmosphäre einiger Überredungskünste, aber im Beisein seines Herrn ließ unser Patient schießlich alles mit sich geschehen. Damit der Hundeführer während des Röntgens bei seinem Hund bleiben konnte, bekam er, wie für Röntgenpersonal üblich, eine Strahlenschutz-Bleischürze umgehängt und Bleihandschuhe angelegt, was den Hund erneut verunsicherte und unruhig machte. Abermals half einfühlsames Zureden.

Kurze Zeit später lag die Aufnahme vor, und sie bestätigte meinen Verdacht: Der Hund hatte sich beim Sprung nach dem Hasch-Pupperl erheblich verletzt; die gekreuzt im Kniegelenk liegenden Binnenbänder waren gerissen. Das verlangte eine Operation. Ich erklärte dem Beamten, daß durch Implantieren von Ersatzgewebe bzw. Kunststoffbändern das Gelenk wieder stabilisiert und der Hund so vor einem weiteren Fortschreiten der Gelenkschädigung bewahrt werden müsse; es sei darüber hinaus zu erwarten, daß die Operation ihn wieder schmerzfrei, voll lauffähig und damit einsatzfähig machen würde. Wir besprachen einige Details, er willigte ein, und wir legten einen Operationstermin fest.

Als der Polizist gerade mit seinem Hund den Raum verlassen wollte, sagte ich: »Sie sind mir noch eine Erklärung schuldig. Sie sprachen wiederholt vom Hasch-Pupperl – was bedeutet denn das? Hat das vielleicht etwas mit Haschen, Erhaschen im Sinne von Fangen zu tun, oder steht das in irgendeinem Zusammenhang mit der Rauschdroge Haschisch?« – »Letzteres ist der Fall«, bekam ich zur Antwort, »vor Ihnen steht ein ganz wertvoller Hund, nämlich der erste Hasch-Hund von Bayern. Der muß auch wieder ganz normal marschieren können!« – »Wie kann man denn einen Hund so spezialisiert ausbilden?« – »Das war relativ einfach, Herr Doktor. Wir haben einmal bei einem Dealer ein Kilo Hasch sichergestellt«, erzählte der Beamte, »und dieses Haschisch ist dann im Revier in einem Schrank gelegen. Ich bin zum Vorgesetzten gegangen und habe ihn gefragt, ob ich ein wenig von dem Stoff entnehmen könnte, um mit meinem Diensthund etwas auszuprobieren.« Diesem Ersuchen sei stattgegeben worden.

Zu Hause habe er seine Frau gebeten, das Zeug in einen alten Strumpf einzunähen. Früher habe er seinem Hund das Apportieren beigebracht, indem er ein Beißholz geworfen habe, das der Hund auf das Kommando »Such's, bring's!« habe aufnehmen und zurückbringen müssen. Dann habe er statt des Holzstückchens eine alte Puppe seiner Tochter geworfen und gerufen: »Such's Pupperl, bring's Pupperl!« Der Hund sei gelaufen und habe die Puppe apportiert, ebenso wie vorher das Holzstück. Dem

Tier sei also die Tätigkeit des Suchens und Bringens schon lange vertraut. Nun habe er statt der Puppe den von seiner Frau präparierten Strumpf geworfen und den Zuruf entsprechend angepaßt: »Such's Hasch-Pupperl, bring's Hasch-Pupperl!« Der Hund habe schnell verstanden und den Hasch-Strumpf ebenso apportiert wie vorher die Puppe.

Der Zufall habe es gewollt, daß das Tier sogleich habe unter Beweis stellen können, was es mit dem Hasch-Pupperl gelernt habe. Ein Haus mitten in der Stadt, in ihrem Zuständigkeitsbereich, sei nach einer Anzeige in dem Verdacht gestanden, eine Rauschgiftzentrale oder eine Verteilerstelle zu beherbergen. Als die Verdachtsmomente genügend abgesichert gewesen seien, habe er seinen Hund in das Haus geführt, mit dem Befehl: »Such's Hasch-Pupperl, bring's Hasch-Pupperl!« Sofort sei der Hund in den zweiten Stock gerannt und dort bellend vor einer Zimmertür hin und her gesprungen. Er habe den markanten Geruch des Hasch-Pupperls wiedererkannt. Nach heftigem Klopfen und dem Versuch, gewaltlos Einlaß zu erhalten, hätten sie die verschlossene Tür schließlich aufgebrochen. Der Hund sei hineingestürmt, auf ein ungemachtes Bett gesprungen und habe wie wütend das Bettpolster auseinandergerissen. Und tatsächlich: Darunter sei ein Kilo Haschisch versteckt gewesen, das dank des frischgebackenen Rauschgifthundes habe sichergestellt werden können.

Der Diensthund hatte also seine Feuertaufe mit Bravour bestanden. Er bewältigte seither zahlreiche Einsätze in mehreren Städten und Landkreisen mit Erfolg. Dieser und die anderen entsprechend ausgebildeten Hunde sind unersetzliche Helfer bei der Rauschgiftfahndung geworden. Sie wenden damit viel Schaden ab, wenn auch das Drogenproblem als solches natürlich nicht mit Hunden bewältigt werden kann – das heißt, indirekt vielleicht doch ein bißchen: nämlich durch Unterbrechung der Zulieferwege.

Wir operierten den verletzten Hund wie vereinbart. Vier Wochen später konnte er wieder normal laufen und seine segensreiche Tätigkeit fortsetzen.

Wachhunde statt Elektronik

Es war ein wunderschöner, typisch oberbayerischer Bauernhof, der eines Tages, weil der Eigentümer gestorben war, an einen Mann verkauft wurde, der hier ein Gestüt für arabische Pferde errichten wollte. Er kam aus fernen Gestaden und handelte mit Waffen, wie er mir selbst erzählte. Als eines seiner ersten Pferde angeliefert und im Notstall untergebracht worden war, lernte ich ihn kennen, da sich das Pferd verletzt hatte. Er war gerade dabei, den herrlichen Hof niederzureißen und eine Betonburg zu errichten. Dieses Gebäude ist, glaube ich, genauso scheußlich, wie es teuer war. Nur das Umfeld, die herrliche Landschaft hoch über einem unserer Voralpenseen, blieb so idyllisch wie unser ganzes Land. Es kamen im Lauf der Jahre immer mehr Pferde hinzu. Er baute eine Reithalle, die auch überhaupt nicht dorthin paßt, wo sie steht, und sich ausnimmt wie eine Fabrikhalle im Wald.

Der Bauherr konnte dies alles freilich nicht mehr lange bewundern. Er wurde sehr krank und das Geld offensichtlich weniger. Vor drei oder vier Jahren starb er. Die Banken und das Finanzamt forderten, wie man sich erzählte, die ausstehenden Summen aus dem hinterlassenen Besitz ein, der dann eines Tages zum Verkauf stand. Erworben hat ihn schließlich ein arabischer Scheich.

Dieser sah sich alles an und stellte fest, daß das Domizil und die örtlichen Gegebenheiten seinem Sicherheitsbedürfnis nicht genügten. Da mußte Abhilfe geschaffen werden, denn der Scheich wollte unbedingt an diesem wunderschönen Platz ebenfalls edle Pferde züchten. Arabische Pferde in unserer Gegend – das ist ja auch tatsächlich ein herrlicher Gedanke!

Den zweiteiligen Plural-Ausdruck »arabische Pferde« habe ich übrigens absichtlich gewählt: Erstens gibt es mehr als einhundert Pferderassen im Orient, und zweitens bezeichnet das Wort »Araber« als Sammelbegriff die Bevölkerung der arabischen Halbinsel. Arabische Vollblutpferde sind im Bergland, im Alpenraum besonders in Südtirol, mit den dort lebenden leichten Landpferden gekreuzt worden, was zum Entstehen des Haflingers geführt hat – eine Verwandtschaft, die der Laie wohl kaum vermuten würde.

Nach diesem kurzen Exkurs in Fachsprache und Pferdezucht zurück zum sich bedroht fühlenden Scheich:

Um eine optimale Sicherung gegen Anschläge, Überfälle, Einbrüche und alle erdenklichen anderen Verbrechen zu erreichen, wurde eine Konferenz mit erfahrenen und kenntnisreichen Sicherheitsfachleuten anberaumt. Ein Abgesandter der örtlichen Polizei, einer eines großen Elektrokonzerns und der Leiter des Einbruchsdezernats des Landeskriminalamtes kamen. Man ging das gesamte Anwesen ab, man untersuchte die Innen- und Außensituation, es wurden Phantome aufgestellt, Alarmeinrichtungen verschiedener Art in geradezu verwirrender Auswahl vorgeführt, Schutzeinrichtungen in allen möglichen Kombinationen durchdacht, besprochen, ausprobiert. Doch immer blieb irgendwas ungelöst, alles schien lückenhaft und unvollständig. Als die Konferenz ihrem Ende zuging, sagte der Abgesandte der örtlichen Polizei mit Zustimmung des Abteilungsdirektors vom Landeskriminalamt zu dem Hausherrn: »Wissen Sie was, vergessen Sie alles, was besprochen wurde! Schaffen Sie sich drei ausgebildete Schäferhunde an, und Sie schlafen wie in Abrahams Schoß und müssen sich vor nichts und niemandem fürchten!«

Diese Bemerkung hätte auch ich ihm guten Gewissens aus eigener Erkenntnis und Überzeugung bestätigt. Bei uns paßt unser Gustl auf, ein unwahrscheinlich gescheiter und lieber Hund, der genau zwischen Fremd und Freund zu unterscheiden weiß. Aber der Gustl gehört zu uns und ist nicht abzugeben – auch nicht für viel, viel Geld an einen Scheich!

Bisher gäbe es auf besagtem Traumgelände für einen Wachhund freilich auch kaum etwas zu tun, denn der neue Eigentümer ist mit seinen Pferden noch gar nicht erschienen. Wer weiß, was wird?

Bitte beachten Sie
die folgenden Seiten

Richard Katz

Von Hund zu Hund

Ullstein Buch 23853

»Im allgemeinen sind Katze und Hund bis auf seltene Ausnahmen Feinde. Der Schriftsteller Richard Katz aber hat in seinem Buch reinste Liebe zum Hund dokumentiert – und das auf eine ganz reizende Art. Jedem Hundefreund wird dieses Buch gute Laune schenken.«

Berliner Morgenpost

Ullstein

Alexander Conradt

Irmchen
Ullstein Buch 23460

Irmchen II
Moreno – die größte Liebe seines Lebens
Ullstein Buch 23588

Irmchen III
Perlchen – bis in alle Ewigkeit
Ullstein Buch 23714

Das Irmchen Postkartenbuch
Ullstein Buch 23726

Ullstein

»Die schönsten Katzenromane der Welt«
Tierschutzverein für Berlin